一苇乡愁

王乃友 著

中国书籍出版社

图书在版编目(CIP)数据

　　一苇乡愁 / 王乃友著. -- 北京：中国书籍出版社，2022.11

　　ISBN 978-7-5068-9270-4

　　Ⅰ.①一… Ⅱ.①王… Ⅲ.①诗集–中国–当代②散文集–中国–当代 Ⅳ.①I217.2

　　中国版本图书馆 CIP 数据核字(2022)第 209557 号

一苇乡愁

王乃友　著

图书策划	成晓春　许甜甜
责任编辑	张　娟　成晓春
责任印制	孙马飞　马　芝
出版发行	中国书籍出版社
地　　址	北京市丰台区三路居路 97 号(邮编：100073)
电　　话	(010)52257143(总编室)　(010)52257140(发行部)
电子邮箱	eo@chinabp.com.cn
经　　销	全国新华书店
印　　刷	成都兴怡包装装潢有限公司
开　　本	787 毫米×1092 毫米　1/16
字　　数	265 千字
印　　张	19.5
版　　次	2022 年 11 月第 1 版
印　　次	2022 年 11 月第 1 次印刷
书　　号	ISBN 978-7-5068-9270-4
定　　价	75.00 元

版权所有　翻印必究

谁谓河广？一苇杭之。

——《诗经·卫风·河广》

乡贤的诗意乡愁 (序)

○王清平

应邀给别人写序至今少说也有四五十篇了，但自告奋勇为人作序这还是第一次。主要原因有两个：一是作为乡贤的乃友先生诚实待人，养深积厚，亦师亦友，是我永远尊重的学长，为他效力我义不容辞；二是我见证了《一苇乡愁》成书过程，从无到有，诗文一书，蔚然大观，真为乃友先生高兴，不揣鄙陋，主动请缨，狗尾续貂，为书助力我当仁不让。

一个人在漫长的人生道路上行善成德，积德成贤，十分不易。世间荆棘丛生，行善积德并非人人敢为、愿为和想为。我曾在一次与乃友先生的交流中表达过如此观点：善，单纯，只有一种，古今圣规祖训扬善而善难彰；恶，复杂，有千万种，无数法典律令惩恶而恶不尽；位于善恶两端之间的常人之情多如恒沙，却也维护着世态平衡和稳定。这也正是文学作品总以常情为本而不以至善为宗的一大原因。不难发现，尽管常人都想为善而不想作恶，但仍会把至善之人视为异类，甚至大加贬损或挞伐。常情之下拒恶，万恶丛中求善，需要悲悯情怀和仁爱之心，还需要勇气、定力和智慧、能力。说到底，需要大公无私。我不敢说乃友先生大公无私，为善近乎贤，但我敢说他这辈子自律自省，与人为善，守正贤德。执教时，师德尊严，桃李天下；从政时，德才兼备，政声斐然。尤其难能可贵的是，从政几十年，乃友先生依然秉持一以贯之的做人初心，九死未悔。操刀公文，字斟句酌，忠诚担当，是得力的参谋智囊；掌权用人，选贤任能，公道正派，是公认的称职伯乐；转岗民政，扶贫助困，兢兢业业，是真正的弱势朋友；致仕后关心下一代，立德树人，发挥余热，是有名的关工"五老"。但无论身居何职，无论路走多远，乃友先生都心系家乡，情牵故里，关照乡邻，造福乡里。总之，乃友先生一生行善，善小尽为，恶小不为，堪称"乡贤"二字。

乡贤，怎会没有乡愁？"乡贤话乡愁"是一个很好的创意。乡贤不离乡，纵有乡愁也不算浓烈。乡贤离乡，即使乡愁浓烈，假如胸无点墨，乡愁也只不过是心中那一丝想家的念头。乃友先生不仅是一个典型的乡贤，而且具备了"话"乡愁的必要条件：先后三次长时间离开家乡，却又与家乡联系紧密。虽然乡愁不能简单地理解为离乡别愁，但游子心中的乡愁总离不开家乡。乃友先生出生于解放战争时期的淮河岸边，十七岁时就以全县名列前茅的成绩考进了省重点中学淮阴中学，第一次离开家乡。乡愁的种子埋进了他负箧求学的心中。然而，一场"文革"阻断了他的升学之路，戴着"老三届"的"帽子"回到家乡务农，娶妻生子。恢复高考后他考上了淮阴师专，再次离开家乡求学，并以优异成绩被分配到泗洪中学任教。不久，他又因出色文笔改行从政，从此朝乾夕惕，严谨细致，低调务实，善做善成，在县级机关里树立起良好口碑。当时我在乡下中学辗转任教，乃友先生已经是县级机关的"一支笔"了。1991年，泗洪县破天荒地组织一次机关文秘干部招考，而且允许教师参加。后来才知道，时任县委书记的陈伟先生是那次招考的决策者，而身为县委组织部常务副部长的乃友先生是那次招考的主要策划者和出卷人之一。等我进入县级机关工作，乃友先生已调任盱眙县委常委、组织部长，再一次离开家乡。时隔数年，我们在成立不久的地级宿迁市相遇相识。作为那次招考的三十名上榜者之一，我至今仍对他和陈伟先生等执弟子礼。数次离开家乡，肯定会为一个学养深厚的乡贤积累丰厚的乡愁。随着年事渐长，乃友先生的乡愁便与日俱增，退休前后陆续创作了一些记述乡愁的诗文。本来有感而发，只为怡情，并未打算发表，但在我的一再敦促下，经过一年多的搜集整理，终于辑录成这本《一苇乡愁》。

《一苇乡愁》共辑诗词约二百首，散文八篇。全书共分五辑，诗词部分以"情"为题分出"故乡情""师生情""山水情""家国情"四辑，由近及远，层层递进，分类清晰；散文则单独作为第五辑，虽不再分类，但也篇篇不同，推己及人，逐步升级，层次分明。五辑内容以感情为经，以人和事物作纬，以思想哲理为质，编织起一幅活色生香、五彩缤纷的乡愁图景。整书从小到大，由内向外，循序渐进，浑然一体，把一个小小的乡愁演绎得情感饱满，立意高远，文采飞扬，诗意盎然。我在细细拜读三遍且做了近万字的笔记之后才敢动笔作序，唯恐有失，唯恐不敬。思考再三，才决定以《乡贤的诗意乡愁》为题勉力为序。

乃友先生在全书的每一辑甚至每一节的前面都有概括性和抒情性的精辟提要，为读者提供了有力参考，无须别人再多饶舌。这也正是我迟迟未敢动笔作序的理由之一。但是，既然细读了三遍，难道就找不出新鲜角度和个人浅见吗？当然不是。为便于阐述对《一苇乡愁》的理解，我不妨把乃友先生的乡愁诗文顺序打乱重新组织，条分缕析一番，从中体味一个乡贤的诗意乡愁的独具匠心。

乃友先生的诗意乡愁发端于故乡。故乡的一草一木，一鸟一虫，都寄托着他的乡情乡思。你看，伴着春风归来的一羽春燕驮来了乡愁。"徘徊呼喊家安在/天地悠悠泪满裳（《乡愁》）。"这哪是一羽春燕的呼喊，分明是痛失家园游子的呐喊，是不是颇有"座中泣下谁最多，江州司马青衫湿"的境界。还有故乡的荷（《荷》）、故乡的秋娘（《秋娘》），故乡的芦苇（《故乡的芦苇荡》），仿佛一幅幅水墨画构成了故乡的诗意乡愁图景，寄托了乃友先生的乡愁。看似淡淡的，品味却又浓浓的。故乡那每一个具象的乡愁印记曾经伴随着乃友先生的成长，然而，它们几乎都只以具象存储在乃友先生的脑海里，而在现实中却早已消失殆尽了。失去的未必全部美好，但能够永存记忆的一定是美好而又充满诗意的。还是重点看看乃友先生在诗文中反复吟咏过的村头那两种植物吧！

在乃友先生故乡的村西头，曾经有一棵"来祖树"。来祖树？一个奇怪的名字。不知树名，却真实存在过。名为"来祖"，即为来祖所植，可见树龄起码百年以上。来祖树，既是村头那棵实实在在的古树，更是伫立在乃友先生心田的精神丰碑。它粗壮，七八个孩子搂不过来；它高大茂密，团团如盖，容得下千鸟腾飞，百人乘凉。根据乃友先生的描述，我曾上网搜索，最终未获他的确认。到底是一棵什么树呢？哦，转念一想，树名其实已不重要，重要的是"来祖树"带给一个乡贤的乡愁慰藉。与其说它是一棵树，不如说是乃友先生和乡亲们守望的传统民风、优秀品质和利他精神，荫庇着儿孙，守护着传承（《来祖树》《乡关何处》），岂不是我们坚守的一种精神？！

在乃友先生故乡的村东头，曾经有一片芦苇荡。那一片真实的芦苇荡，在大自然的风雨中，在社会的变迁中，栉风沐雨，坚韧不拔，那里是乃友先生的童年乐园。芦苇荡与故乡人特别是与"我"有着血肉关系。四娘用"苇刀"割断了"我"的脐带；伴着"芦喳喳"的欢叫，芦苇荡里隐藏着"我"童年的欢笑声；伴着父母编织芦席的芦苇跳跃，"我"走进了学校，而且越走越远；更令"我"难忘的是，母亲和全村人在日本鬼子扫荡时躲进芦苇荡掩藏，敌人的子弹被离母亲只有一米远的芦苇夹住。至此，我真的想专程去看一看乃友先生故乡村东头的这一片芦苇荡，然而，那一片芦苇荡早在上世纪就已经变成一片良田了。与"来祖树"一样，那一片芦苇荡只留在了乃友先生的诗意乡愁里（《故乡的芦苇荡》）。

西有树，一棵来祖树，就是一种古老的优秀传统；东有草，一片芦苇荡，就是一个故乡的乡亲群体；面朝淮河，背靠大小红山，这就基本框定了乃友先生的故乡和乡愁范畴。然而，仅有村庄两头的景致似乎还不够。与任何乡愁都离不开童年记忆一样，乃友先生在故乡的童年时光更是本书中最有趣味的一抹乡愁。

你再看，蒙蒙细雨里，儿时的乃友先生和小伙伴们披蓑戴笠骑在牛背上走出村子，走进了村东头的芦苇荡。他们不是遥指杏花村的牧童，而是一群苦中作乐的农村孩子。他们深入芦苇荡中的草地，任牛吃草，结伴玩耍，掏鸟蛋，捉迷藏，风雨不惧（《放牛》）。不久，雨后天晴，阳光明媚，一两只蝌蚪在牛蹄踩出的一汪清水里游玩，三两个孩童蹲在下观望，蝌蚪发现后摇头摆尾乱潜藏。天地之间，阳光和水，蝌蚪和孩童，充满着生机和希望，多么和谐的关系（《童趣》）。耕牛，从苏北的农田里消失快有三四十年了吧，牛蹄踩出的水汪和水汪里的几只蝌蚪却还留在年已七旬的乃友先生乡愁里，多么有趣！其实，乃友先生的童年就是在淮河岸边放牛、打猪草、搂苇叶度过的。打猪草时，"朝阳笑看泥娃脸/扯块云霞去改妆"（《儿时打猪草》），多么浪漫的想象。而搂苇叶的生活应当是他独特经历，只有湖滩芦苇荡边长大的人才有。披星戴月搂苇叶，堆成堆后捆成捆，趁早收工才高兴。好一个"收工喜坏一群娃"(《搂苇叶》)。以苦为乐，苦中作乐，始终贯穿在乃友先生的童年生活中。

留在乃友先生乡愁里的故乡一年四季农事同样寄托了他浓浓的乡愁。春耕秋收，扒河打堤，如数家珍。《春耕图》明快晓畅地写出了春耕和收获的关系；《插秧》则描绘出一幅水田插秧水墨画，令人想起唐代禅诗："手把青秧插满田，低头便见水中天"。不过，乃友先生创新在于不仅把插秧比作水田云锦，而且化用了"汗滴禾下土""躬身汗滴蓝天里"，既然低头便见水中天，当然可以汗滴蓝天。进入夏天，早起割麦，朝露湿衣，仿佛西安兵马俑分布在梯田上。烈日当头，麦芒刺身，"明知农活经年苦，也没萌生去打工。"(《收麦》(新韵二首)麦子上场，扬麦仿佛蓝天瀑布，没有春夏耕耘，"何能收获满心怀"《扬麦场》)，累年劳作与收获喜悦存在着必然的因果关系。到了冬天，故乡的农村又一幅图景留在乡贤的乡愁里，那就是扒河。男男女女，人山人海，红旗猎猎，喇叭声声，但热闹的背后是艰辛，"歇工爬起也艰难"，而目标是"汗水寒风终日伴、渠成沟淌盼回乡。"(《扒河》二首) 没有切身体验写不出这样的诗。

故乡的四至，故乡的四季，给予乃友先生丰富的乡愁记忆。然而，亲不亲，故乡人。在乃友先生的诗意乡愁里更有关于故乡人的诗篇，尤其是对他亲人的怀念和感激，真实感人，形象生动。

　　腰弯如弓早晚辛劳的父亲，"驮起家中希望月/晃摇身影拽天明"（《忆父亲背影》）；满脸皱纹、身穿蓝袄、黑纱头饰、裹着小脚的母亲，一生"相夫教子无怨悔/肩弱甘挑内外天"《母亲的肖像》。虽然着墨不多，但分明刻画出一对典型的勤劳朴实的苏北农民夫妇形象。如果说《母亲的肖像》概括了母亲的一生，那么，《母亲的畚箕》两首就是截取了母亲日常最典型的一个劳作片断，让母亲的形象更加鲜明。年年月月，雨雪风霜，母亲背着畚箕早起走遍村庄拾粪，孤身一人，不惧嘲笑，只为"背出粮""长丰收"而不辞辛酸劳累。七绝《母亲纳鞋底》则又完全是一个特写，季节是春天，时间是夜晚，孩子穿上新鞋熟睡，"娘瞧窗外已朝阳"。七律《妻病》写尽妻子患病四年各地求医、从"千寻万觅疑无路"的忧愁，到"一片精诚现洞天"的喜悦，以致举杯畅饮，开始感悟安康福中缘。七律《己亥年丁丑月壬子日金婚纪念日》再次写到妻子，"半世婚姻一世缘/农家草屋木床眠/不离不弃同甘苦/相爱相依共种田/未敢情长忘报国/岂能志立化云烟/千山万水心牵挂/平淡人生两坦然"。朴实自然而且精炼地概括了金婚夫妻的半世经历和坦然人生。贫困时期结发，"同甘苦""共种田"，一"同"一"共"，说明贫贱夫妻相濡以沫，苦中喜乐。人到中年后，乃友先生考上大学后从政，异地为官，舍小家为国家，虽然聚少离多，但互信互爱，相守到老。

　　在故乡人中，乃友先生还刻画了一组普通人的群象。既有平凡的英模人物，又有锻磨人、摆渡人、打鱼人、泥瓦匠等平平常常的手艺人。虽然他们都是普普通通的老百姓，却在乃友先生笔下变得不平常也不普通。他们的劳动充满艰辛，但他们的付出却有着非凡的意义。从救人献身的渔民青年身上联想到"千古徐君仁义在/传承善德已成风"，从救人牺牲的打工青年想到"小镇农民沧海水/大仁壮举九州虹"，从勇救学生的幼儿教师想到"大湖浩淼涓涓水/遍地花开映日红"。他们有名有姓，舍己救人，值得歌颂。而乃友先生对那些平凡的手艺人也给予了热情的歌咏。锻磨人锻日锻月，"乾坤磨利齿/吞吐万家粮"（《锻磨人》），摆渡人渡己渡人，"日日江天追梦客/殷殷渡送总关情"（《摆渡人》）。一个个凡人善举得到了升华。

对故乡人物的回忆着墨最多的当数对恩师朱明石的记述。诗，有《明石老师周年祭》赞颂；文，有《眉宇之间》记述。从中不难看出，乃友先生与朱明石老师的感情缘起他在故乡中学读书时的一段经历。乃友先生初中时患了一场重病，卧床不起，面临辍学，恩师派八名学生把他抬到医院，申请免费治疗，劝他继续上学。一个家境贫寒的学生从此改变命运，从此感恩戴德。而一个语言不多却能让眉宇跳动的朱明石老师也与乃友先生结下了半世情谊。古稀之年后，一句"关爱无痕弟子知"，令人敬佩！当恩师离世，作者其实也已年近七旬，但仍掩不住放声痛哭。

正是故乡和故乡人留给乃友先生这么多丰富多彩而又美好难忘的记忆，才有了他一个乡贤的诗意乡愁。但是，仅有对故乡的留恋和回忆就能让乡愁丰满起来吗？肯定不能。乡愁没有那么狭隘。乡愁不仅是一种离情别绪，更应当是一种家国情怀。一个乡贤，如果不具有家国情怀，那他至多只是一个乡绅，甚至一个族长。只有具备了家国情怀，乡贤才会变成一个胸襟博大、境界开阔、思想精深的贤德之人。真正的乡愁一定是充满着家国情怀的乡愁，既有少小离家的未改乡音，更有栏杆拍遍的天下之忧。拜读完《一苇乡愁》，分明感受到了乃友先生的乡愁充满着浓浓的家国情怀。

乃友先生的家国情怀从何而来？又如何成长壮大？我以为，他的家国情怀发源于对故乡的热爱，成长于离开故乡的经历，壮大于为国选材用人，老熟于"位卑未敢忘忧国"的使命担当。特别是在他风华正茂时被褫夺读书权利的经历令他扼腕终身。《毕业歌》里，诗人把自己和同学比喻为"离窠雏鸟"，一只又一只羽翼未丰的雏鸟在政治风浪间上下翻飞，穿越险阻，呼唤春风。而在《淮阴中学老三届50年相聚》中，乃友先生吟出："半江岁月无痕渡／一担河山暗自量"。这是怎样令人唏嘘的伤痛啊！虽然最后用"莫道夕阳孤寂去／晚霞满地伴清香"宽慰同学和自己，但是，如果不是"文革"，这群全市尖子生当年考入名牌大学，对国家对社会将会作出多大的贡献啊，他们的人生道路肯定又是一番别样的景象了。私自认为从那时起，乃友先生的家国情怀就已经生根发芽了。哦，还是让我们从《一苇乡愁》里感受乃友先生的浩荡家国情怀吧！

乃友先生诗意乡愁里的家国情怀表现为对祖国大好河山、

人文历史的热爱和歌咏。除了故乡泗洪的洪泽湖湿地、浮山堰、汴河等，除了第二故乡的中运河、古黄河、三台山等，乃友先生游历过的山水并不多。我问过他，他几乎没有单纯出去旅游过，诗文中的山水多因工作顺道游览。大致数了一下，名山不过十多座，秀水也没有大江大河。但是，这些名山秀水映射出乃友先生的家国情怀。乃友先生诗意乡愁里的山，山山有韵，却又山山各异。有的山取其势，有的山取其雄，有的山取其洞，有的山取其寺。泰山，庐山，普陀山，这些名山大川古今都有诗文名篇高悬，但他勇敢地吟唱出自己独特的感受。与乃友先生的乡情类诗词比较不难发现，这些诗词气势磅礴，胸襟开阔，既有杜甫之沉郁，又有苏轼之旷达，偶尔还有李白之豪放。泰山观日出，是诗歌创作最多的事件，《望岳》高悬千年，乃友先生照样写出《泰山远眺》和《泰山观日出》。七律《泰山远眺》以一个攀登者的视角自下而上、从东到西、由古及今描绘出自然和人文交融的雄奇泰山。而七绝《泰山观日出》也独出心裁写出一次观日的真实感受。乃友先生跋涉千里登上泰山之巅，只为观看日出，不料云海茫茫，满眼空无。突然间光明穿透云雾，温暖人间，此时的他"荡胸生曾云"，胸装筑梦图。乃友先生的诗意乡愁里的水，没有大江大河，多为小桥流水，湖泊水渠。从"红船载水历春秋"的南湖到"蒋家旧室诉春秋"的郯溪，结合历史人物与水域的关系抒发诗人的感受。从"湖光山色阅和平"的微山湖，到"人间奇迹惊寰宇"的红旗渠，又在赞颂爱好和平、艰苦奋斗的中国人民。而一诗一词两首的

《窑湾古镇》又描绘出苏北水乡的兴衰和风情。而乃友先生诗意乡愁里往往把山山水水与人文历史巧妙糅合在一起，借以表达他的家国情怀。特别引起我注意的是他写项羽的两首诗。《思项羽》塑造了一个立马乌江因顾念苍生而自刎的项羽形象，回答了项羽为什么"不肯过江东"；另一首《读项羽》侧重赞颂项羽的盖世奇功。两首诗，写同一人，一思一读，同为七绝，各有侧重。最后一句句式相似，"英雄成败亦乾坤"与《思项羽》中的最后一句"浪淘千载亦英雄"都极赞项羽的英雄气概，但又各有不同。

乃友先生诗意乡愁里的家国情怀表现为对时政和时事的热切关怀。近二十年来的重大时事在乃友先生的笔下几乎都有反映，抗美援朝胜利七十周年的"挥师五次乾坤转"，有脱贫攻坚全面建成小康社会的"十亿神州决战声"，还有党的十九大的"万众同心谋伟业"。一首《奔马图（新韵）》概括了党的百年历史，期待着"遥望征程峰岭远/百年追梦再登攀"。脱贫攻坚先进人物的报告文学《红山之子》记述了"栽下碧根、拔掉穷根"的创业者张勇事迹，以大小红山作喻，生动描写了张勇艰辛创业的历程和坚毅不拔的性格，以及致富不忘初心的博大胸怀。

乃友先生诗意乡愁里的家国情怀更表现在对国家和民族前途命运的关注和期盼。这一点在许多诗文里都有表现，但最集中的当数他游历台湾岛后留下的八首诗和一篇长篇散文《风雨台湾》。诗文互补，双璧相映，生动形象地描绘出宝岛秀丽风光，含蓄温婉地传达出乃友先生的家国情怀。从《台北故宫博物院》中的"精深博大九州根"，到《台北士林官邸行》中的"春风明月待君还"，再到《台湾猫鼻头》中的"天涯海角月思圆"，最后《题太鲁阁》的隐喻"溪水洄流归大海/长春太鲁共山松"，都表达诗人对祖国统一的美好愿望和祝福。而长篇散文《风雨台湾》更值得细细咀嚼。这篇游记写得非常出彩，写景状物，抚今追昔，臧否人物，分寸拿捏得恰到好处。从启程时用一首小诗录下心境，到结尾时"我们看到了风雨中台湾特有的景色，也感受到了台湾景色中孕育的风雨。"尤其是那句余音绕梁的比喻结尾："当我们在飞机上看着台湾逐渐模糊远去时，突然觉得台湾岛像一艘小船，风雨中向我们驶来……"，令人回味无穷。

至此，我完全可以提炼出乃友先生诗文的新鲜特点来了。文如其人。乃友先生的诗文朴实自然，意蕴深刻，含蓄内敛，立意纯正。意蕴与他的做人一样善良方正，外柔内刚；谋篇与他的做事一样务实严谨，善始善终；内容与他的学问一样求真唯实，丰富多彩。在他的诗文里，美物入诗，山水皆美，花草俱美，各美其美，美美与共；善人入文，人人皆善，老少俱善，善有善报，善善恶恶；真事入诗，事事皆真，古今俱真，唯实求真，真真正正。一言以蔽之，尽显真、善、美。这是乃友先生一生向善、阅尽人间沧桑后的美好心态所致，每一首诗词，每一篇散文都是他敦厚善良品质的外化。

然而，文学作品的重要价值在于它独有的新鲜人生感悟和强烈批判精神，难道乃友先生因为烈士暮年而对事物缺乏人生感悟和批评精神了吗？不是，绝对不是！尽管他洁身自好，恶小不为，但他依然爱憎分明，嫉恶如仇；尽管他谨言慎行，与人为善，但他依然臧否鲜明，刚直不阿；尽管他年事已高，卷舒任云，但他依然老骥伏枥，志在千里。在《一苇乡愁》里，新鲜的人生感悟俯拾皆是，强烈的批判精神随处可见，而且以他的阅历和智慧为读者提供了醍醐灌顶的新鲜启迪。

乃友先生的诗意乡愁里渗透着他的人生感悟。几乎每一首诗词，每一篇散文，都不仅见山见水，见物见事，而且见思见悟。山水有情，草木有知，生灵有爱。项王故里的樱花，借风狂舞的杨花，小区窗外的玉兰花，都能引发他对人生的睿思感悟。我特别注意到，乃友先生对山水诗与哲理的处理。有山必有寺，有寺必有佛，那么，乃友先生如何礼佛？游云冈石窟时，他"名利无心一苇僧"，(《云冈石窟》) 几同"一蓑风雨任平生"的旷达，人不过是一枝会思考的芦苇；在《病中观清凉山》中，他站在清凉山上心境清凉，感叹人间匆匆过客；他在《谒灵山大佛》中感悟，"心中常有佛/何在拜如来"；《晋谒普陀山》时，他感悟"胸中常驻菩提树/净水无痕柳自荫"，吾心即佛，又何必到处拜佛，心存善念，自然成佛，一念不善，求佛何用？这种唯物主义精神并非对佛不敬，而是活得坦荡轻松。

乃友先生诗意乡愁渗透的强烈批评精神集中在对社会变迁的锥心疼痛和善意规劝中。而《乡关何处》，题目就发人深省。

乃友先生对乡愁的眷恋和痛心渗透在字里行间。读后感叹：这哪里是乃友先生一个人故乡的失去，分明是中国农耕文明的失去，分明是中国人的心头之痛啊！当然，乃友先生并非无原则地恋旧，而是仍然用他那温婉的态度无奈地劝导人们："已经失去或将要失去的不要忘却，那是时代的印记，历史的写照；失去的不要丢弃，留让后人去认识、了解和咀嚼那特殊的风味；失去的不要毁灭，要用它承接现在，延伸未来；失去的不要践踏，让后人用它去浇灌新的再生，新的故乡情结。"（《乡关何处》）

拜读乃友先生《一苇乡愁》，我非常敬佩他对古典诗词的研究和创作实践。二百首诗词全是古体，且以最难的绝句律诗居多。看上去信手拈来，其实选材考究，别出心裁。对仗工整，但工而不废。古意浓郁，但古而不泥。新风扑面，但新而不俗。严格平仄，但严而不涩。八篇散文更选材得当，结构紧凑，文字清新自然，思想丰富且含而不露。

我印象深刻的是乃友先生对细节的选择和生发，值得读者给予关注。几乎每一首诗词和散文里都有给人留下难忘印象的生动细节。姑且以散文为例，《故乡的芦苇荡》中的坚韧不拔的芦苇，《乡关何处》里的遮风挡雨的来祖树，《梧桐情结》中的那两片跨越半个世纪的梧桐叶，《眉宇之间》里的老师会动的眉毛，都令人过目不忘。《风雨台湾》全文八章在写景状物时又都始终贯穿一个自然现象——风雨。风雨既是作者游历台湾时的真实天气，也是作者含蓄而又刻意的表达。

《一苇乡愁》里收录了乃友先生大量晚年生活的诗词，让我领略了他晚年生活的许多场景和细节。其中，含饴弄孙的诗词特别亮眼。三代人同一天生日，恰逢建党这一天，"女娃蹦跳渐成长，向善之风永世传"（《生日》）。春节这天，窗外雪花飞舞，屋内饭菜飘香，老人焦急等着儿女回来，忽然听到敲门声，老人喜极起身，急忙看一下挂钟上的时间（《牵挂》）。节后去二儿子家吃饭，悠闲得像孩子一样躺在吊篮里，回忆自己儿时的如烟往事和故乡情景，突然，"孙儿戏喊惊身起"，醒来"尤觉人生韵味长"（《吊摇篮》）。乃友先生年高德韶，事业有成，儿孙满堂，家风淳朴，晚年生活充实快乐，特别令我歆羡。人生如此，足矣！

我在品味乡贤乃友先生的诗意乡愁意犹未尽时，恰逢壬寅虎年春节来临。此时此刻，乃友先生肯定又沉浸在阖家团圆的幸福中了吧！乃友先生：在此，我给您拜年啦！真诚祝福您节日快乐，健康长寿！

匆匆为序，如有不妥，敬请乃友先生批评指正。

2022年2月5日于宿迁

王清平，1959年12月生，祖籍山东高唐，现为宿迁市关心下一代工作委员会副主任兼秘书长，中国作家协会会员、江苏省作家协会主席团委员、宿迁市作家协会主席，国家一级作家。

目录

第一辑 故乡情

第一节 飘去的村庄

002 / 乡　情
003 / 童　趣
004 / 逗乐（新韵）
005 / 来祖树
006 / 冬日龙爪枣树
007 / 杉
008 / 寒　枝
009 / 秋　娘
010 / 荷
011 / 丙申中秋盼月
012 / 早　春
013 / 乡　愁

第二节　农活的味道

014 /　春耕图

015 /　儿时打猪草

016 /　收　麦

017 /　打　场

018 /　扬麦场（新韵）

019 /　插　秧

020 /　锄　地

021 /　放　牛

022 /　农家饭

023 /　扒　河

024 /　搂苇叶

第三节　水边的珍珠

025 /　念奴娇·洪泽湖湿地

026 /　浮山堰感怀

027 /　泗洪汴河柳

028 /　泗洪张墩挂剑台

029 /　恋

030 /　洪泽湖晨景

031 /　洪泽湖渔鼓舞

032 /　洪泽湖湿地（新韵）

033 /　桥上观泗洪溧河洼

034 /　观泗洪顺山集遗址

035 /　泗洪天岗锣鼓（新韵）

第四节　乡人的风流

036 / 渔民青年

037 / 锻磨人

038 / 摆渡人

039 / 打鱼人

040 / 泥瓦匠

041 / 打工青年

042 / 幼儿教师

043 / 贺泗洪乡贤协会成立

044 / 参观张道干故居

045 / 新四军四师师部旧址泗洪县大王庄观感

046 / 大王庄军民情

第五节　又一故乡风景线

047 / 吟樱花

048 / 落　絮

049 / 虞美人·宿迁行

050 / 水景园凝岚峰

051 / 宿迁吟

052 / 宿迁街道景

053 / 九龙塔观宿迁

054 / 古黄河漫步

055 / 玉兰吟

056 / 送张森

057 / 公园晨读

058 / 倒坐观音 (新韵)

059 / 思项羽

060 / 冬日黄河吟 (新韵)

061 / 读项羽 (新韵)

062 / 落叶景观路 (新韵)

063 / 捣练子·雪 (新韵)

064 / 虞姬故乡行

065 / 咏虞美人花

066 / 皂河乾隆行宫 (新韵)

067 / 宿迁中运河颂

068 / 小　巷

069 / 望

070 / 游宿迁运河湾公园 (新韵)

071 / 雨中行

072 / 雨中梅开

073 / 辛丑年元宵节

074 / 辛丑清明祭

075 / 快递小哥

第二辑 / 师生情

078 / 求学路上

079 / 描　红

080 / 明石老师周年祭

081 / 宏祥老校长素描

082 / 淮阴中学老三届 50 年相聚

083 / 相聚欢

084 / 毕业歌

085 / 泗洪中学 70 周年校庆

086 / 忆 1960 年峰山初中一甲班同学

087 / 患难师生情

088 / 淮中班主任老师朱宝君 (新韵)

第三辑　山水情

第一节　山之韵

090 / 云冈石窟

091 / 恒山悬空寺

092 / 洛阳龙门石窟

093 / 桂林象鼻山 (新韵)

094 / 张家界天门洞

095 / 病中观清凉山

096 / 盱眙相聚感怀 (新韵)

097 / 谒灵山大佛

098 / 晋谒普陀山

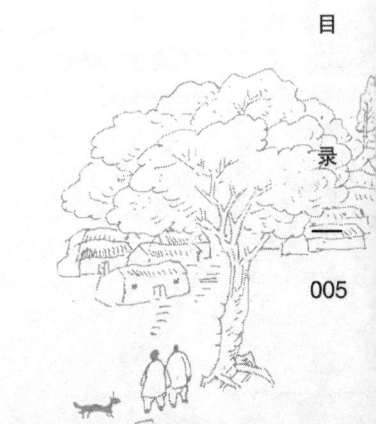

099 / 泰山远眺

100 / 泰山观日出

101 / 忆江南·泰山松 (新韵)

102 / 庐山如琴湖

103 / 河南云台山红石峡谷

104 / 河南云台山红豆杉树

105 / 观漓江九马画山

106 / 南京清凉山扫叶楼

第二节　水之灵

107 / 北海银滩

108 / 扬州瘦西湖

109 / 观德天跨国大瀑布

110 / 南湖游

111 / 望海潮·窑湾古镇

112 / 窑湾古镇

113 / 溪口蒋氏故居行 (新韵)

114 / 红旗渠

115 / 游微山湖

116 / 丁酉端午节观赛龙舟

117 / 戊戌年无锡探亲立春

118 / 中秋游鼋头渚

119 / 游苏州拙政园

第三节　景之奇

120 / 60周年国庆登长城

121 / 印度泰姬陵印象

122 / 赴韩观海上落日有感

123 / 赴韩回国乘大轮船海上观日出

124 / 电视观日全食（新韵）

125 / 佛宫寺释迦塔 (应县木塔)

126 / 随团赴洛阳观牡丹

127 / 点赞胡杨

128 / 威尼斯叹息桥

129 / 读梁衡《一树成桥》

130 / 赞开封开原寺塔（新韵）

131 / 降大雪有感

第四节　岛之秀

132 / 台北故宫博物院

133 / 台北士林官邸行（新韵）

134 / 野柳吟

135 / 日月潭感怀

136 / 夜宿台湾溪头

137 / 台湾孟宗竹

138 / 台湾猫鼻头

139 / 题太鲁阁

第四辑 家国情

第一节 家庭剪影

142 / 忆父亲背影

143 / 补锅匠

144 / 母亲的肖像

145 / 母亲的畚箕

146 / 母亲纳鞋底

147 / 妻　病

148 / 眼手术前

149 / 视网膜脱离手术（新韵）

150 / 眼手术后（新韵）

151 / 病中情

152 / 眼手术后感悟（新韵）

153 / 天　道

154 / 除　夕

155 / 别

156 / 生日（新韵）

157 / 外孙女生日漫画（新韵）

158 / 梦

159 / 雾

160 / 牵　挂

161 / 应外孙女所求为无锡锡师附小百年校庆作

162 / 微　笑

163 / 聚　餐

164 / 携外孙女立春后游无锡梅园

165 / 吊摇篮

166 / 己亥年丁丑月壬子日金婚纪念日

167 / 年　味

168 / 悼妻二弟秀祥 (新韵)

第二节　砥柱脊梁

169 / 献最美司机吴斌

170 / 台风"海葵"过无锡

171 / 瞻鲁迅故居

172 / 纪念毛泽东诞辰124周年

173 / 谒朱瑞将军铜像

174 / 读倪少坤《宋庆龄陵园楝枣树》有感

175 / 读屈原《离骚》

176 / 瞻拜兰考焦裕禄墓园

177 / 谒焦裕禄铜像

178 / 瞻仰焦桐

179 / 挑山工 (新韵)

180 / 挂在天边的哨所

181 / "五老"精神赞

182 / 悼袁隆平

第三节　扬威四海

183 / 西柏坡村

184 / 女排里约奥运会夺冠

185 / 赞十九大召开

186 / 安徽桐城六尺巷有感

187 / 参观无锡702研究所"蛟龙号"潜水器

188 / 南湖船 (新韵)

189 / 纪念志愿军抗美援朝出国作战70周年

190 / 台儿庄大战观感

191 / 贺"嫦娥五号"月球取土返回成功

192 / 观全国脱贫攻坚表彰大会有感

193 / 奔马图 (新韵)

194 / "天问一号"着陆火星 (新韵)

195 / 中秋节

第五辑

散　文

198 / 故乡的芦苇荡

206 / 乡关何处

215 / 梧桐情结

223 / 眉宇之间

230 / 一个钱包的旅行

236 / 风雨台湾

253 / 大湖湿地行

260 / 红山之子

273 / 后　记

第一辑　故乡情

　　人生就是一棵树，故乡就是根。无论你走到哪里，故乡的气息都蕴藏在你身上。时间的流逝，会淡化甚至会抹去人的记忆，但对故乡的记忆，时间愈久，记忆愈新。故乡的人，故乡的事，故乡的山，故乡的水，故乡的一草一木都刻在脑子里，融化在血液中。每当家乡来人的时候，和友人聊到故乡的时候，遇到不顺心事的时候，或者头疼脑热生病的时候，就会情不自禁地谈起，没完没了地絮叨，如关不住闸门的水。那是因为思乡的情愫被勾起，恋乡的情结被解开，爱乡的情怀被激发。人是感情的动物。爱之愈深，思之愈切，记之愈清。我觉得，故乡是一本书，小时候读起，越读越有味道；故乡是一册画，不断展开，越看越精彩；故乡是一卷诗，反复吟诵，意味越浓，到后来，自己也变成了诗中的字词。故乡又是流动的水，在一个地方生活居住长了，那儿也就成了故乡，也就有了故乡的情结，故乡的依恋，故乡的记忆。

第一节 飘去的村庄

乡 情

相传诚意①赶山忙，
至此挥鞭断脊梁。
千里长淮身畔过，
依山傍水好风光。

2010.5.13

注：①诚意伯，刘伯温的封号。

故乡西大红山上碧根果林地

童趣

牛蹄印里水汪汪,
蝌蚪轻游逗太阳。
三两孩童蹲下望,
摇头摆尾乱潜藏。

2010.6.1

逗乐（新韵）

儿时爬树快如猫，
婶嫂开心赌肉烧。
倒挂枝丫吱咔响，
吓飞众鸟叫喳逃。
叶丛蹿进掏雏鹊，
松手弹出站半梢。
失措惊慌拉网救，
神情不屑落轻悄。

2010.9.15

来祖树①

龙蟠古树参天长，
七八孩童挽手量。
千鸟腾飞忙打闹，
百人躺坐渐清凉。
云推急雨浇枝嫩，
叶漏观棋忘躲藏。
荫庇子孙无怨悔，
倾情守护挡风霜。

2010.9.16

注：①庄西龙蟠冈上一棵来祖栽的树，树龄百年以上，粗二丈许，高数丈，树冠覆盖几十平方丈。1958年被毁。

冬日龙爪枣树

群龙盘绕互争功,
利爪交缠透雪空。
傲骨峥峥天地立,
风骚独领自然中。

2010.11.27

杉

高手如林敢克艰，
心无旁骛抢登攀。
风霜雨雪征袍艳，
坎坷峥嵘信步闲。
雾绕云遮知向上，
雷鸣电闪断不弯。
自强自立赢天地，
相助相容任往还。

2010.12.3

寒枝

枯枝瘦骨傲苍穹，
红叶飘零夕照鸿。
历尽苦寒知冷热，
春来得意只匆匆。

2010.12.15

秋娘

欣闻吟唱觅西东,
河柳轻姿借细风。
闲看晚霞垂钓处,
蓦然倩影碧波中。

2011.8.9

荷

尹修广/摄

一

菡萏离池伴雨听，
蝉鸣柳上戏蜻蜓。
孩童莲下娇声笑，
绿叶婆娑逗阁铃。

二

体弱身衰负重难，
凉霜冷雨任摧残。
绿裙粉面风骚逝，
清白仍留济世寒。

2011.12.3

丙申中秋盼月

台风①吹月走，
万户盼团圆。
莫逆人心意，
天宫②找月船。

2016.9.14

注：①受台风"莫兰蒂"影响，乌云密布，看不到月亮。②中秋夜，"天宫"二号发射成功。

早春

灯影轻摇二月山,
桨声慢咽过河湾。
村庄老柳鸡鸣远,
城市琼楼细雾间。

2019.2.27

乡愁

春燕归来觅旧梁，
宅房已变土墩墙。
野花杂草开心长，
石磨枯藤冷落旁。
老井台前蛙遍叫，
古槐树上鸟凄凉。
徘徊呼喊家安在？
天地悠悠泪满裳。

2020.11.17

第二节 农活的味道

春耕图

一犁耕出千层浪,
甩响长鞭遍地忙。
号子悠悠声慢慢,
不知不觉饭飘香。

2016.3.4

儿时打猪草

结伴同行悄出庄，
露珠嫩草入篮筐。
朝阳笑看泥娃脸，
扯块云霞去改妆。

2016.5.8

收麦

一 (新韵)

披星戴月下湖滩,
朝露湿衣好动镰。
日懒起身偷眼望,
西安兵俑布梯田。

二

烧烤骄阳热浪冲,
麦芒汗水刺身躬。
明知农活经年苦,
也没萌生去打工。

2016.6.6

打场

当午翻场脱粒忙,
飞旋石磙压秸狂。
烘烘热气人难耐,
漫漫灰尘满鼻堂。
杈挑浑身虫瘙痒,
脸流汗水鬼涂妆。
风云突变奔雷雨,
呼喊推扛乱盖粮。

2016.6.8

扬麦场（新韵）

蓝天瀑布落尘埃,
戴帽扬锨汗水来。
没有累年劳作苦,
何能收获满心怀。

2016.6.12

插秧

一手分秧一手栽,
水田云锦绿铺开。
躬身汗滴蓝天里,
笑脸盈盈见鸟来。

2016.6.21

锄地

烈日锄田杂草无，
培根松土护苗株。
腰酸臂痛心中愿，
辛苦耕耘莫半途。

2016.7.11

放牛

蓑衣斗笠骑牛稳,
抖动缰绳自在行。
苇荡深深青草嫩,
滩头浅浅碧流清。
招呼同伴掏窝鸟,
躲进芦丛扮鬼精。
雨打风吹全不顾,
尽情玩耍忘归程。

2016.8.30

农家饭

吹烟袅袅吻云唇,
绿树红墙小院春。
草灶菜香闻欲醉,
粗茶饭淡品知真。
串门端碗聊常事,
围坐听书静入神。
放筷肩扛犁耙①去,
耕耘播种满山屯。

2016.9.8

注：①耙，泗洪农村读bà，一种平整耕地的农具。

扒河

一

人山人海战旗张,
遍地狂潮呐喊忙。
巾帼推车豪气壮,
男儿挑土虎威扬。
高音喇叭催前进,
打擂英雄各逞强。
汗水寒风终日伴,
渠成沟淌盼回乡。

二 (新韵)

铁锹挖土重如山,
膀肿腰疼岂敢闲。
血泡手磨成老茧,
歇工爬起也艰难。

2016.10.21

搂苇叶

肩扛扁担手拿笆,
戴月披星走苇苼。
脚破腿伤疼不觉,
风寒肤冻裂开花。
人勤卷起千堆叶,
绳索飞穿万捆霞。
朝露霜干搂易碎,
收工喜坏一群娃。

2016.11.2

第三节 水边的珍珠

念奴娇·洪泽湖湿地

大湖滩地,野荷绿,风卷天摇山动。百态千姿,争竞艳,秋洗裙装色重。苇荡深深,芦花遍放,染透蓝天梦。鱼游鹰逐,鸟群林间吟诵。

追思徐地[①]文明,古猿尝醉果,飘飞仙洞。下草湾人,持石斧,围猎奔忙神勇。诞性仁慈,抓鱼不忍食,放生民颂。悠悠天地,激扬生态潮涌。

2014.11.27

注:①徐国为夏代诸侯国,西周时灭亡,都城徐城在今泗洪县境内。

浮山堰感怀

一堰封淮万骨枯，
千秋功过岭荒芜。
河流日夜穿山去，
阡陌炊烟岸柳图。

2019.7.12

泗洪汴河柳

桨声帆影依依柳,
稻浪渔歌水上流。
堤岸如烟飘散去,
唯留一截载春秋。

2019.8.14

泗洪张墩挂剑台

挂剑留徐季子心,
萋萋劲草入根深。
萧萧荒冢残痕在,
唯有菩提遍地荫。

2019.9.3

恋

漫天雪舞唤梅开,
挂剑台前倩影来。
青鸟传书风雨路,
痴情守望待君回。

2019.12.15

尹修广/摄

洪泽湖晨景

万顷莲荷睡碧波,
深深苇荡鸟鸣多。
晨曦俯看天鹅美,
满网鱼虾满脸歌。

2020.3.26

洪泽湖渔鼓舞

一

浩淼湖天水舞台,
渔民祭祀乞消灾。
捕捞日日追风浪,
鼓唤神灵怎不来?

二

水里拼船作舞台,
围观老少笑颜开。
人披艳服商羊腿①,
说唱新词剪步②抬。
鼓响身摇船荡摆,
脚颠细走浪轻推。
亮腰撒网湖天落,
喜看鱼儿蹦跳来。

2021.3.31

注:①②商羊腿、剪子步,古典舞姿。

洪泽湖湿地（新韵）

芦荡深深水路寒，
荷田万顷碧波间。
无边绿草朝阳下，
群鸟熙熙戏野滩。

2021.4.14

尹修广/摄

桥上观泗洪溧河洼

朝阳雾里洒清秋，
水墨河湾鹜戏游。
滩草云天浑一色，
悠悠野趣自心流。

2021.12.10

观泗洪顺山集遗址

山岭梅花望却无，
八千岁月灶中芦。
壕沟围里先民聚，
稻米飘香煮古厨。

2021.12.24

泗洪天岗锣鼓① （新韵）

鼓点咚咚水溅飞，
锣鸣阵阵雁惊回。
大旗挥舞龙腾跃，
罗汉层叠虎摆威。
蹦跳蛤蟆牙齿嗑②，
盘旋百鸟凤凰围③。
千军横扫狂狮吼，
沙场鏖兵战鼓擂。

2021.12.28

注：①天岗锣鼓为江苏省非物质文化遗产保护项目。②③"蛤蟆嗑牙""凤凰三点头"为天岗锣鼓曲牌名。

第四节 乡人的风流

渔民青年

泗洪渔民青年孙桐，湖中救人献身，双手保持托举姿势，因作。

踩涛踏浪入湖中，
托举沉浮向上冲。
千古徐君仁义在，
传承善德已成风。

2011.12.6

锻磨人

锤凿錾雷电，
汗珠滴旧裳。
乾坤磨利齿，
吞吐万家粮。

2013.2.2

摆渡人

风霜剑刻皱纹横，
糙手摇船浪里行。
日日江天追梦客，
殷殷渡送总关情。

2013.3.4

打鱼人

侧身撒网扣霞光,
睡鸟惊飞溅水翔。
万顷莲荷伸颈看,
朝阳托起满鱼仓。

2013.4.12

泥瓦匠

凌空高厦起,
栉比入云梯。
刺骨寒风里,
悬天弄瓦泥。

2013.12.17

打工青年

我要救人传警讯,
脱鞋不顾向湖冲。
齐心捞起轻生女,
曲腿抽筋意外逢。
小镇农民沧海水,
大仁壮举九州虹。
淮河呜咽悲千里,
热血男儿立太空。

2016.8.13

注：《厚德泗洪人》载：2016年7月11日下午，泗洪双沟在南京打工的青年朱柱，发现有人跳水，他边跑边用手机打电话报警，110录音电话："来不及了，我要去救人了！"鞋只甩掉一只，就跳入水中救人，因腿部抽筋被湖水吞没。2016年，朱柱被评为"中国骄傲"十大人物之一。

幼儿教师

骤雨长虹靓太空，
千钧飞跨救孩童。
日升争艳飘然去，
烛照无声洒启蒙。
曼舞轻歌甘寂寞，
繁枝茂叶乐心中。
大湖浩淼涓涓水，
遍地花开映日红。

2016.11.15

注：2005年4月28日下午5时左右，一辆失控的手扶拖拉机冲向毫无察觉的小学生。泗洪界集镇中心幼儿园女教师裴昌彩，纵身向前将小学生推向路边，自己却当场被撞昏，身负重伤。2006年，裴昌彩获"全国见义勇为英雄"称号。

贺泗洪乡贤协会成立

群贤济济耀星辰,
各显神通助富民。
治理基层凭望德,
践行绿色愿帮邻。
乡愁若水流田野,
赤子牵魂厚里人。
引领新风吹旧俗,
家园美丽又逢春。

2018.1.20

参观张道干故居

小屋湖边浩气藏，
莲开万朵送清香。
寻寻觅觅乡间路，
走出辉煌夙愿偿。

2019.5.23

注：张道干，泗洪县界集镇杜墩村一名普通共产党员，70年寻党、爱党、跟党矢志不渝，事迹感人。中央电视台、《人民日报》先后多次报道。

新四军四师师部旧址泗洪县大王庄观感

尹修广/摄

无边湖浪抱庄台,
风采当年次第开。
西进扬鞭尘土滚,
东征跃马号声催。
轻摇羽扇千军动,
烟灭顽魔一瞬回。
不尽铁流吞日月,
红旗漫卷后人来。

2019.5.24

大王庄军民情

荷花村①里万千情,
扯下天梭织不清。
藕奶②乾坤装背篓,
铁军挥泪远征行。

2019.5.25

注：①京东签约荷花养殖基地，故称"荷花村"。②当年拥军模范娄凤英经常下湖挖藕打鱼慰劳新四军，因此战士们亲切地称她"藕奶奶"。

第五节　又一故乡风景线

吟樱花

晨听中央台广播，武汉大学樱花盛开，数万人前往观赏，交通堵塞，甚有感触。

汉阳十万樱花客，
项里①含苞只几芽。
借得春风相继度，
神州处处可观花。

2010.3.22 于宿迁

注：①项里，宿迁项羽出生的地方。

落絮

时值宿迁城乡杨树花絮满天飞,人们深受其扰。且我国南海风起云涌,浊浪滔天,甚嚣一时。

五月飞飘雪漫天,
借风狂舞惹人嫌。
若能连降及时雨,
浇落杨花万众欢。

2010.5.16

虞美人·宿迁行

时空穿越还乡梦,十里花香送。
两河[1]彩练舞相迎,京曲红娘[2]字字吐真情。
偃王[3]道义今犹在,项里容颜改。
两湖[4]鱼蟹载千舟,蓝色[5]牡丹[6]遍布九州头。

2010.11.7

注:①两河,京杭大运河、故道黄河穿城而过。
②红娘,宿迁籍京剧演员宋长荣成名段。
③偃王,古徐国君王,名徐诞,以仁义治国著称。
④两湖,洪泽湖、骆马湖。
⑤蓝色,洋河蓝色经典酒。
⑥牡丹,双沟牡丹系列酒。

水景园凝岚峰

中秋夜，厚云遮月，各色灯火辉映，喷泉齐开，游人如织。

次第岚峰雾笼轻，
层峦流泻马鸣声。
林廊连体园藏景，
激浪回环岛恋情。
星喜天穹嬉水落，
月羞云幔望尘清。
非虚非梦非仙境，
是览如潮是众生。

2011.9.12

宿迁吟

虹卧长河通大道，
琼楼浮立没星穹。
两湖无际吞明月，
葱岭绵延挽绿城。
徐诞厚仁天下治，
项王浩气古今承。
宿迁大地千潮涌，
群雁鸣空万里行。

2012.6.12

尹修广/摄

宿迁街道景

雪絮乱飞迷望眼，
散花香暗醉君行。
茂林道掩楼浮远。
翠鸟枝鸣曲和轻。
虹卧桥长涂雅画，
河清水秀见鱼睛。
蓝天绿地新空气，
使客流连忘返程。

2012.7.18

尹修广/摄

九龙塔观宿迁

烟雨长河水墨流,
人潮车马画中游。
清清水网江南韵,
隐隐楼台眼底收。
绿树染涂铺主色,
诗桥写意各春秋。
塔铃风紧悠悠响,
群鸟争飞过远舟。

2012.10.16

古黄河漫步

青青垂柳拂心头,
习习凉风润面柔。
净净气鲜人意爽,
幽幽灯火梦中游。
轻轻蛙叫河边闹,
静静蚊眠草地休。
悄悄川流吟子曰,
悠悠何忘写春秋。

2013.3.11

玉兰吟

小区住处窗外两株白玉兰，如临风仙子，花开花落，无人问津，有感而成。

一

冰清玉洁俩娇娃，
蝴蝶羞飞远望霞。
夜雨润唇添粉色，
泪无君顾老裙纱。

二

观音净水裹霓裳，
静坐寒宫玉体凉。
遮面娇娃她样态，
暖风夜雨竞芬芳。

2013.3.16

注：2013年3月8—9日，气温高，窗前两株玉兰，半数含苞欲放，后气温陡降，半花难开，18日升温，花渐次开放。

送张森

船灯烛火映河明,
捧戴黄花不了情。
裂服结绳空落下,
古桥寒水逝无声。
英魂战士升天去,
道德星君降步迎。
急诉人间牵挂事,
好人无恙泪盈盈。

2013.3.18

注:2013年3月6日,退役军人张森为救落水女子遇险。危急时刻,20多名中学生脱下校服结成长绳施救,未果。最后张森不幸遇难。市民自发点蜡烛、放河灯、捧菊、戴白花送行,场面感人。

公园晨读

朝阳慢起脸羞红，
岸柳殷勤拂细风。
亭上露珠偷眼望，
林间宿鸟怕飞空。
顽皮瀑布轻声闹，
晨练人群蹑足匆。
溪水长流滋万物，
书香浸散满园中。

2013.4.13

倒坐观音（新韵）

善从恶改路途艰，
百炼千锤变瞬间。
竭虑殚思何所为，
莲台倒坐意阑珊。

2014.8.26

思项羽

乌江立马望江东，
顾念苍生混战中。
热血冲天横剑笑，
浪淘千载亦英雄。

2014.11.8

冬日黄河吟（新韵）

长河冰冷凝残日，
天际霞寒冻莽川。
壶口帘垂悬玉坠，
龙门佛坐怨衣单。
莲开西域千堆雪，
林掩东方万里船。
冬尽奔流融大地，
春回九曲暖人间。

2014.11.15

读项羽（新韵）

风云际会领一军，
破釜沉舟盖世勋。
立马乌江存浩气，
英雄成败亦乾坤。

2014.10.2

落叶景观路（新韵）

梧桐叶落地铺金，
巷路斜阳踏软衾。
蹦跳娇娃钻画里，
抓拍莫忘扫尘人。

2014.12.25

捣练子·雪（新韵）

蹑脚进，悄无声。
窥见佳人寐正浓。
一树梨花呼不醒，
半池风冷叩门轻。

2015.2.3

虞姬故乡行

魂牵梦绕路何方,
万顷花乡望海洋。
攘攘熙熙车队挤,
村村户户购销忙。
虞沟河水千秋恋,
网店经营现代商。
姹紫嫣红香满地,
美人血染艳芬芳。

2015.2.26

咏虞美人花

塞外花开映日红,
荒原草长美人丛。
归鸿声断南飞去,
带走英魂故土中。

2015.2.27

尹修广/摄

皂河乾隆行宫（新韵）

六下江南五驻行，
何须留句钓沽名。
暗查水患忧民苦，
祭祀龙王岂可宁？
怜爱苍生真治理，
关心百姓应倾情。
残碑遗迹今犹在，
万众安澜筑梦成。

2015.2.28

宿迁中运河颂

挑起双湖泽四方，
千年奔走送琼浆。
云帆樯影流天际，
水榭园深绿荫凉。
南寺塔林飘雾霭，
东街鱼市沐霞光。
皂河古镇安澜梦，
项里槐花日夜香。

2015.8.13

尹修广/摄

小巷

梧桐绿叶遮红瓦,
小巷斜阳染色新。
黄狗肉①香飘满店,
半天霞照半街人。

2015.10.14

注：①黄狗猪头肉，宿迁名菜，乾隆下江南过此品赞过。

望

月照岚峰分外明，
河边静立盼君卿。
相依情侣擦身过，
孤寂秋风恨冷清。
东塔游人私下语，
西亭群鸟岛中鸣。
南湖快艇冲飞浪，
北水江楼泣玉声。

2016.6.21

游宿迁运河湾公园（新韵）

运河千里第一湾，
樯橹如云水墨间。
扯线蓝天童奔走，
夫妻漫步看飞漩。

2020.11.20

雨中行

雨狂衣未湿,
脚踩树梢行。
前路春风冷,
相依漫步轻。

2021.2.14

雨中梅开

雨寒二月红梅艳，
枝晃风摇鸟未惊。
人过叽喳迎友客，
一园春色共和鸣。

2021.2.25

辛丑年元宵节

大街小巷花灯闹,
万户千家晚会聊。
寒锁红梅枝更俏,
情人桥下吃元宵。

2021.2.26

辛丑清明祭

清雨车流冷色行，
山松肃穆鸟悲鸣。
祖坟泪洒青青草，
先烈追思咽咽声。
千古英魂原野外，
万家灯火照常明。
人心凉暖天知否？
来去匆匆未了情。

2021.4.3

快递小哥

风驰电掣抢先行，
送去春光送去情。
雨雪冰霜全不顾，
为民为国为家争。

2021.4.16

第二辑　师生情

　　我从小学、中学到大学，不同时期的师生情谊，有着不同的色彩，不同的浓度，不同的感受。最让我难以释怀的是淮阴中学高中阶段的师生情谊。20 世纪 60 年代是一个特殊的年代，我就是那个年代的特殊群体——"老三届"中的一员。2016 年 7 月 12 日，淮阴中学六六、六七、六八届数千名同学 50 周年聚会，点燃了畅叙师生情谊的火焰。那沧桑壮阔的场面，魂牵梦绕的相见，拥抱以泪的神情，絮叨不休的问候，体现了那个时代的师生情谊：真诚、单纯、友爱，不掺杂虚假，不掺杂金钱，不掺杂势利，如一杯醇香美酒，浓烈、清澈、洁净。

求学路上

山路弯弯探索行,
涧溪望影鸟惊鸣。
春风摇落枯枝下,
满树新芽悄悄生。

2014.3.26

描红

土墙草屋泥桌凳,
屏气描红苦练中。
左笔运行师发现,
纠除陋习益无穷。

2014.9.21

明石老师周年祭

清烟袅袅寄哀思,
难忘谆谆教诲时。
传道精深听欲醉,
授知博大涨秋池。
妙音解惑庖丁艺,
关爱无痕弟子知。
天上英魂应笑慰,
人间桃李已盈枝。

2014.12.18

宏祥老校长素描

面冷人生畏,
心公管有威。
殚思谋治学,
浇灌果香飞。

2015.3.5

淮阴中学老三届50年相聚

同窗相聚话沧桑,
绿柳南池苦诵忙。
骤雨狂风园草乱,
颤桐惊鸟海天翔。
半江岁月无痕渡,
一担河山暗自量。
莫道夕阳孤寂去,
晚霞满地伴清香。

2016.7.13

白文广/摄

我们"老三届"人,受时代大潮裹挟、冲击,撒落在祖国大地上,生根、发芽、挣扎、拼搏,为生活、为家庭、为信念、为国家,承担压力,默默做事。虽无惊人业绩,却有平凡故事;虽无大富大贵,却有酸甜苦辣;虽无多少往来,却有深情常在。忆及历程,虽无波澜壮阔,却也无怨无悔。故作诗以识。

相聚欢

大地惊雷入校园,
青云拍翅展鹏鲲。
神州撒落花千树,
汴水栖居鸟一村。
岁月无痕存壮志,
清溪有意润苗根。
古徐凤阁西窗梦,
时代征程共举樽。

2017.12.4

淮阴师范学院78级中文(2)班泗洪部分同学40年凤凰楼小聚。

毕业歌

离窠雏鸟叫长空,
剪浪穿云搏击中。
呐喊春风吹大地,
敢迎潮涌卷苍穹。
山河万里投身影,
险阻千重展翅冲。
夕照秋桐听雨打,
初心不改晚霞红。

2018.9.28

白文广/摄

注：自1968年江苏省淮阴中学"老三届"毕业离校，至今整50年。历经恢复高考、党和国家工作重心转移、改革开放、进入新时代等重大历史性变革，回首峥嵘岁月，一路风雨一路歌。今年高一乙班沭阳相聚，感慨记之。

泗洪中学70周年校庆

天南海北集云楼,
共话辉煌七十秋。
桃李凌空妆大地,
园丁尽瘁写风流。
大湖澎湃千峰浪,
汴水偎依万物收。
掬起尘封多少事,
今宵一一涌心头。

2019.11.14

忆1960年峰山初中一甲班同学

甲子青春气自华,
三年困境苦藤瓜。
窝头粥影饥肠叫,
上课强听眼发花。
抬水相帮情义重,
病来互助暖心芽。
同床共被驱寒冷,
渡过难关日照霞。

2020.9.1

注:当时学校无井水做饭,按班级到五六里之外的窑河,用大木桶抬水吃。同时,有被子的同学主动和没有被子的同学一起睡,抱团取暖。

患难师生情

卧床七日难行走，
腿肿无钱昼夜伤。
家父各庄寻草药，
母亲祈祷显灵光。
老师闻讯登门探，
同学争抬治疗忙。
住院半年初病愈，
真情一片刻心房。

2020.10.8

注：1963年初三期中考试后，右腿突发骨髓炎，肿胀疼痛发烧一星期，而家穷无钱到医院治疗。班里老师同学知道后，经学校同意，把我抬到医院治疗半年，没要我家出医疗费，恩情难忘。

淮中班主任老师朱宝君（新韵）

河畔耕耘耗一生，
灯光摇曳到天明。
浪危把舵倾心力，
事急担当化险情。
手抵痛肝神自若，
讲台授业益求精。
百年建党恩师在，
相聚今宵夙愿成。

2021.9.10

白文广/摄

第三辑　山水情

　　我是一个好静之人，很少单独游山玩水。往往是组织行为，或工作原因顺道为之，抑或探亲待友时以观当地之景。因此，游览过的山水之地不多，也就格外珍惜。

　　中国地大物博，山水壮丽。一山一水，一草一木，一寺一庙，一亭一阁，一石一花，无不造化精秀，点缀得当，巧夺天工。方孕育出山水文化，《诗经》中"在河之洲"的写意白描，陶渊明"采菊东篱下，悠然见南山"的怡情，王勃"落霞与孤鹜齐飞，秋水共长天一色"的壮美，李白"两岸猿声啼不住，轻舟已过万重山"的喜悦，苏东坡"大江东去浪淘尽"的豪放，范仲淹"不以物喜，不以己悲"的忧乐情怀，欧阳修"在乎山水之间也"的意境，无不寄托着热爱山水、热爱自然、热爱国家的生命呼喊。这些，都深深震撼着我的心灵，让我自觉不自觉地受到浸染。因此，遇到机会，我也会在仰望群峰时，坐在不起眼处，吐露一点心声。

第一节 山之韵

云冈石窟

群佛云冈五万灯,
人间景象玉壶冰。
历经苦难辉煌在,
名利无心一苇僧。

1999.9.27

恒山悬空寺

凌霄落半天，
一寺挂千年。
塞外风沙里，
依然袅袅烟。

1999.9.28

洛阳龙门石窟

伊水穿流挟雨烟，
青山万佛半腰悬。
皇家凿窟非凡势，
激荡风云傲九天。

2004.9.26

桂林象鼻山（新韵）

低头喝水自悠闲，
吞吐江河万岭间。
背负青山浑不觉，
蓝天之下踩云还。

2006.9.21

张家界天门洞

云梦氤氲幻境飘，
霞光紫气洞穿霄。
好奇抽出青峰剑，
舞动乾坤灭鬼魈。

2007.10.19

病中观清凉山

一山俯视大江流，
牵动春风送谷幽。
心境清凉观世界，
匆匆过客各千秋。

2009.4.9

盱眙相聚感怀（新韵）

烟雨都梁世览年，
盱眙不见旧容颜。
峥嵘岁月寻常事，
臧否人生百姓谈。
受命置身云漫卷，
闲居品味辨真难。
中分淮水绵情在，
有意群山恋客还。

2010.8.15

谒灵山大佛

人造灵山佛，
莲花托佛开。
心中常有佛，
何必拜如来。

2012.7.10

晋谒普陀山

南海仙山拜观音,
万千夙愿暗思沉。
香烟缭绕焚三炷,
合掌虔诚念九寻。
菩萨有灵行善广,
佛光不照用心斟。
胸中常驻菩提树,
净水无痕柳自荫。

2013.10.10

泰山远眺

峰下云低脚踩空,
风摇梯晃动天宫。
东观日出奇华夏,
西望长河揽岱公。
千古君王封禅梦,
历朝贤士刻碑躬。
伟人泰岳磅礴气,
引领山川傲紫穹。

2014.8.26

泰山观日出

千里登峰追日出，
一山云掩望空无。
光明穿透人间暖，
装入辉煌筑梦图。

2015.3.28

忆江南·泰山松（新韵）

疾如电，飞燕叹惊鸿。
险阻征程蹄更奋，
云崖飞跨步从容，驰向泰山松。

2015.4.12

庐山如琴湖

神女留琴牯岭悬，
千年弹奏恋庐缘。
秋冬春夏音含水，
润泽风流写九天。

2016.3.29

河南云台山红石峡谷

太阳滴血染丹霞，
一线悬天九壁斜。
乱世竹林吟诵苦，
飞云之外有人家。

2017.5.7

河南云台山红豆杉树

相思孤寂越千年，
情入深山意缱绻。
无奈药王空妙手，
天荒地老守心缘。

2017.5.8

观漓江九马画山

一

顺流而下看山匆,
两岸青峰各不同。
九马凌空奔绿水,
风雷呼啸过江东。

二

青帘垂落大江边,
画势非凡赖自然。
九马隐藏千百态,
机缘只在一篙牵。

2017.10.18

南京清凉山扫叶楼

半千①扫叶意彷徨，
一担江山暗自伤。
秋去春来飞燕到，
楼台已换旧时装。

2018.4.26

注：①明末清初画家、诗人龚贤，字半千。

第二节 水之灵

北海银滩

银浪无边脚下回,
临风浩气荡胸开。
梨花霞照千层雪,
万里排空海燕来。

1996.6.4

扬州瘦西湖

淡月清风瘦影斜，
玲珑景象玉人家。
五亭宽带缠腰细，
飞燕轻盈点水花。

1998.3.16

观德天跨国大瀑布

狮吼雷鸣万壑开，
千峰壁立任君裁。
穿行两国云天路，
润泽山河落九垓。

2007.9.16

南湖游

烟雨南湖斜塔柳，
红船载水历春秋。
千帆竞过江山秀，
一路鹃花染九州。

2014.7.9

望海潮·窑湾古镇

运河千里，襟连五水，揽环古镇风光。樯岛耸桅，嘈声水岸，千军万马奔忙。灯火接星廊，店铺遍林立，错落绵长。八卦玄机，道街迷阵，慰丞相。

酱园烟厂粮仓，有钱庄典当，会馆糟坊。楼堡弹痕，围墙护水，当年激战凶狂。滴水瓦檐张，前店藏深院，一线天光。往日繁华知否，迁各地才郎。

2014.7.19

窑湾古镇

揽抱窑湾玉带长,
高檐滴水阅沧桑。
钱庄会馆人潮涌,
酱厂粮仓马队忙。
店铺琳琅游客乱,
酒坊熙攘鸟闻香。
遐思过眼繁华事,
水韵风流聚凤凰。

2014.8.20

溪口蒋氏故居①行（新韵）

笔架山牵剡水流，
蒋家旧室诉春秋。
碑镌血誓今犹在，
人去楼空恨未休。
算尽机关原是梦，
冥思海岛偶居愁。
顾及两岸成一统，
棺厝遗留葬故丘。

2014.11.15

注：①1939年日军轰炸溪口，蒋氏住处被炸，蒋经国母亲罹难。蒋经国写"以血还血"刻于石碑以明志。

红旗渠

十万愚公下太行，
千峰玉带系腰长。
穿山凿洞龙王躲，
悬壁开渠鬼魅藏。
云雾天河流旱野，
横空槽渡送琼浆。
人间奇迹惊寰宇，
血染红旗四海扬。

2015.4.5

注：作于红旗渠总干渠竣工50周年。

游微山湖

一曲琵琶未了情，
湖光山色阅和平。
荷花深处风帆近，
隐约当年故事声。

2016.9.23

丁酉端午节观赛龙舟

榴花火焰耀天红,
两岸人潮呐喊疯。
鼓响声声催士气,
桨划阵阵快如风。
千帆竞渡争先勇,
万众同心奋力冲。
迸发激情家国志,
龙舟已过楚河东。

2017.5.30

戊戌年无锡探亲立春

江南腊雪伴梅开，
落地婴儿哭喊来。
青帝暗寻人世景，
一湖嫩柳钓春回。

2018.3.26

中秋游鼋头渚

风引湖山缓缓流,
听涛絮语话春秋。
弄潮范蠡知消长,
跋涉徐霞重探求。
闲入云峰寻古寺,
匍行深涧扰飞鸥。
合家览胜添佳景,
一勺清泉解客忧。

2018.9.24

游苏州拙政园

古今灵气聚园中,
阁榭亭台各不同。
结构奇思摩诘意,
细微妙处绣娘功。
池荷引领三千客,
枫叶藏窗一点红。
村野秋香飘雾霭,
见山楼望远天穹。

2018.10.28

第三节 景之奇

60周年国庆登长城

莽莽龙藏峻岭行，
千年巡守愈年轻。
登高遥望人潮涌，
万众同心铁长城。

1999.9.26

印度泰姬陵①印象

夕照王陵举世惊，
羞红少女素装迎。
囚窗遥望凄然恋，
绝唱千年不悔情。

2006.10.12

注：①印度莫卧尔王朝沙·贾汗国王为爱妃修好泰姬陵后，被囚禁在离泰姬陵不远的阿格拉堡的八角宫内8年。他每天只能透过小窗，遥望着远处河里浮动的泰姬陵倒影，最终忧郁而死。

赴韩观海上落日有感

夕阳海照水云红,
洒尽余晖破浪中。
播爱耕耘情未了,
弄潮老骥乐无穷。

2009.2.24

赴韩回国乘大轮船海上观日出

东方欲出霞光潋，
拨雾穿云济世间。
海啸卷天千里浪，
神舟稳稳渡君还。

2009.2.27

电视观日全食（新韵）

2009年7月22日观中央电视台日全食特别节目。

百年天象动神州，
万户奔忙忘乐忧。
羞怯蓝空红晕退，
钻石①环指女娘求。
串珠贝利嫦娥喜，
日冕黑白玉帝愁。
夏代测观惊救日②，
文明源远竞风流。

2009.7.22

注：①钻石环、贝利珠、日冕都是日全食阶段出现的天象。②古代典籍中有夏代观日食的最早记载。

佛宫寺释迦塔（应县木塔）

塞外云霞染佛光，
塔楼万栱挂斜阳。
弹痕地动沧桑泪，
麻燕纷飞护刹忙。

2009.9.28

随团赴洛阳观牡丹

千里驱车看牡丹,
万人冒雨赏园难。
姚黄魏紫风流尽,
国色天香大众欢。
焦骨焚烧离上苑,
荒原峭壁长成团。
花开见佛龙门近,
叶绿摇珠洛水盘。

2018.4.13

点赞胡杨

漫卷风沙石乱空，
火云映照热蒸笼。
高寒瀚海铮铮骨，
大漠荒田默默冲。
点点绿洲吞广野，
青青生命锁黄龙。
莫嫌蚂蚁搬山慢，
不倒精神逐梦中。

2018.10.21

威尼斯叹息桥[1]

焉知失足恨难消，
明暗之间隔一桥。
遥望窗天无限景，
深深叹息自心飘。

2020.2.8

注：[1]架在威尼斯水城政府大楼和监狱大楼之间河上的一座房屋形桥，桥封闭，但特意留两个窗口。犯人在政府大厦宣判，从桥上到监狱去服刑。相传桥的名字来自英国诗人拜伦。

读梁衡《一树成桥》

顶天立地躺峰前,
厄运来临亦坦然。
倒下成桥孺子过,
献身作路众人怜。
恨能奋起凌云志,
再长新枝绿伞悬。
渠水清清观日月,
朝霞茵草卧虹边。

2020.6.25

赞开封开原寺塔（新韵）

柱天铁塔①剑凌空,
地动山摇泰岳松。
水害淹埋根愈固,
火灾炼狱骨如铜。
烈风千载吹身稳,
雨雪浇淋润色浓。
咆哮黄河依恋去,
胡杨仰慕拜英雄。

2020.11.26

注：①铁塔，因其用褐色琉璃砖砌成，当地人称铁塔。

降大雪有感

风催雪吼搅天黄，
素裹银装透骨凉。
莽莽大河东向去，
任他封堵任他狂。

2020.12.29

第四节 岛之秀

台北故宫博物院

中华瑰宝傲乾坤，
台北珍稀数万存。
白菜①红烧②随便见，
精深博大九州根。

2013.4.6

注：①白菜：翠玉白菜，翠雕中极品，台北故宫博物院镇馆之宝之一。②红烧：肉形石，自然形成的玛瑙，也叫东坡肉，台北故宫博物院镇馆之宝之一。

台北士林官邸行（新韵）

青山壮丽藏龙第，
合璧园林巧自然。
冷雨芭蕉孤岛泪，
春风明月待君还。

2013.4.6

野柳吟

野柳风光透迤景，
大潮捏石惠山泥。
娥皇①高髻思君到，
饿骆昂头觅草低。
仙女轻留鞋印走，
蘑菇遍布海龟迷。
天工巧夺无穷尽，
万浪波连两岸堤。

2013.4.7

注：①娥皇：指女王头，是野柳海边最有名的堆积岩石形状。骆驼、仙女鞋、蘑菇、海龟都是象形石。

日月潭感怀

潭面澄清如碧玉,
群峦倒影入湖中。
骤然春雨云天洒,
晃动青峰鸟阵冲。
日月俯看遮细雾,
水西侧望早朦胧。
半山楼宇飘空现,
品茗轻舟不见翁。

2013.4.8

夜宿台湾溪头

青山夜色曛，
溪涧水声闻。
谁解清风意，
幽香醉入云。

2013.4.9

台湾孟宗竹

凤凰山下竹凌空，
敢与高楼比上冲。
粗径根连团簇紧，
傲然雨雪伴狂风。

2013.4.9

台湾猫鼻头

峡弯拥抱暖猫仙,
相伴相依忘计年。
风浪撩裙开百褶,
红霞着色染瑚鲜。
沙滩崖畔常嬉卧,
椰树槟榔供耍缠。
历尽沧桑终不悔,
天涯海角月思圆。

2013.4.10

题太鲁阁

峰峦叠起波涛涌,
群岭绵延掩碧空。
瀑布飞流南北挂,
穿山隧道贯西东。
峡高理石悬天坠,
崖峭猿猴跃涧冲。
溪水回环归大海,
长春①太鲁②共山松。

2013.4.11

注：①长春，指太鲁阁公园的著名景点长春祠，这里供奉着修建中横公路时殉职的212人的灵位。②太鲁，指台湾少数民族太鲁阁人。

第四辑　家国情

　　家，是孩子成长的摇篮；家，是解除工作疲劳的温床；家，是心灵休息的港湾；家，是避风遮雨的辛苦；家，是亲人无言的守护。家好了，要想着大家好，国家好。国家强了，家才有底气，才有奔头，才不会破败。位卑未敢忘忧国，就是中华民族几千年孕育的家国情怀。它镌刻在每个人的心里，流淌在血液中，融化在脑海记忆里。

第一节 家庭剪影

忆父亲背影

弯躬负重向前行,
山路崎岖夜色清。
驮起家中希望月,
晃摇身影拽天明。

2020.5.2

补锅匠

走村串户担悠悠,
炉火熊熊铁水流。
手捧蛋黄蓝焰耀,
指弹花溅赤蛇游。
农家满意炊烟起,
匠脸糊涂烫孔稠。
霞照肩挑云远去,
弯弯小路静幽幽。

2008.7.28

母亲的肖像

满脸沧桑苦难煎,
身穿蓝布掩襟棉。
黑纱头饰流行色,
发髻盘高气质悬。
裹足金莲原为美,
一生恨痛有谁怜。
相夫教子无怨悔,
肩弱甘挑内外天。

2009.8.1

母亲的畚箕

一

雨雪风寒走满庄，
孤身夜夜拾肥忙。
年年月月皆如此，
背起辛酸背出粮。

二

锄扛箕背往田头，
拾粪来回汗水流。
同伴笑嘲云散去，
经年累积长丰收。

2009.8.6

母亲纳鞋底

绕梁春燕垒窝房,
万线千针纳底忙。
娃换新鞋床上睡,
娘瞧窗外已朝阳。

2010.3.28

妻病

卧床四载望楼穿，
求治神州遍访贤。
诊断趋同医各异，
病情依旧倍熬煎。
千寻万觅疑无路，
一片精诚现洞天。
欣喜若狂将进酒，
安康始觉福中缘。

2014.9.21

眼手术前

明暗相间柳叶刀,
华佗入梦悄叨唠。
苍天不解斯人愿,
悲喜心潮逐浪高。

2009.5.31

视网膜脱离手术（新韵）

眼睛手术后3天作。

无声战场深山静，
镊剪叉钩共奏鸣。
柳叶飞刀惊胆魄，
激光闪亮射寒星。
游龙①缓缓吸空水，
神气②轻轻眼内冲。
偶话偷闲悄细语，
霓裳巧补已完成。

2009.6.5

注：①游龙，一种很细的吸管。②神气，一种惰性气体，眼内可自行吸收。

眼手术后（新韵）

茶饭伏床吃几顿？
天明天暗再天明。
无聊细数医师步，
转念吟诗乐趣生。

2009.6.12

病中情

儿女纷来虎踞城,
欢声笑语慰平生。
清凉山上人心暖,
炼狱峰回路转明。

2009.6.14

眼手术后感悟（新韵）

一

剑锋不负久磨功，
日夜煎熬盼复明。
天地悠悠心意静，
坚持只在过程中。

二

支撑俯卧为光明，
炉火猴哥炼眼睛。
沙漠难行先备水，
何来渴坐骆驼峰？

2009.6.21

天道

烈日当空燃大地,
今朝暴雨降清凉。
极端冷热人难耐,
天道无常亦有常。

2009.6.28

除夕

亿万人潮返故乡，
合家欢聚嗑家常。
烟花鞭炮钟声响，
岁月迎来守夜郎。

2011.2.2

别

脸庞一滴娘亲泪,
父母轻轻脚步提。
但愿久长圆月梦,
潺潺溪水润花泥。

2012.2.16

生日（新韵）

三代同一是巧缘，
红船光照启航天。
家国共庆眉梢喜，
老少齐谈美梦圆。
伏骥奋蹄追日月，
军人奉献再扬鞭。
女娃蹦跳渐成长，
向善之风永世传。

2012.7.1

外孙女生日漫画（新韵）

天性无邪快乐娃，
哭鼻转瞬笑哈哈。
孩童奶语惊全座，
号令同龄你我她。
放赖撒娇偷眼望，
察言观色使刁滑。
学如玩耍不经意，
琢器无痕细细沙。

2012.7.19

梦

骑上飞鸢去远方,
娘亲模样已彷徨。
突然相见羞开口,
揽抱无声泣断肠。

2012.8.6

雾

悟空西去路茫茫，
缥缈红楼暗躲藏。
南下返乡心似箭，
天公怎会不帮忙？

2013.1.30

牵挂

窗外雪花翻卷落,
厨房饭菜几回浓。
忽闻数下门声响,
老父长嘘眼望钟。

2013.2.8

应外孙女所求为无锡锡师附小百年校庆作

上下百年求索路，
耕耘快乐学从容。
春风不懈吹园绿，
硕果香飘遍地浓。

2013.9.2

微笑

疲惫回家暖意浓，
烦心沮丧语轻松。
弥陀愿纳人间事，
守候经年贮笑容。

2015.3.15

聚餐

五载相逢未了情,
三槐根蔓半缠清。
和衷共济聊佳话,
家国情怀暗自生。

2015.12.5

携外孙女立春后游无锡梅园

春起梅园引蝶来，
横山云暖百花开。
钟楼玉树空巢在，
几度东风送鸟回。

2018.2.6

吊摇篮

半躺摇篮晒暖阳，
闭睛轻晃漫思量。
如烟往事桩桩过，
插翅乡愁个个翔。
来祖树梢掏鸟蛋，
淮河浪里捉鱼忙。
孙儿戏喊惊身起，
尤觉人生韵味长。

2021.1.10 夜

注：2021年1月10日，正是三九天，到二儿王枫家紫竹苑聚餐，三楼阳台上放一悬吊的摇篮，高2米，坐在里面摇动着晒太阳，暖暖的，非常舒服。远望蓝天白云，高楼林立；近看绿树森森，古黄河水缓缓流淌。因诗以记。

己亥年丁丑月壬子日金婚纪念日

半世婚姻一世缘，
农家草屋木床眠。
不离不弃同甘苦，
相爱相依共种田。
未敢情长忘报国，
岂能志立化云烟。
千山万水心牵挂，
平淡人生两坦然。

2021.1.28 晚

年味

徐地鞭炮彻夜鸣,
汴河两岸彩灯明。
大街小巷春联挂,
万户千家笑语声。
呼女云端聊趣事,
喊儿线下进厨烹。
堂前晚会交相演,
守岁迎新一片情。

2021.2.11 除夕夜

悼妻二弟秀祥（新韵）

倾力忙家苦自耕,
脊梁挺立雨中松。
笑容满面融冰雪,
和善亲人沐暖风。
多病缠身心态静,
死生看淡坦然行。
秋来枫叶终飘地,
长泪当哭诉旧情。

2021.10.31

第二节 砥柱脊梁

献最美司机吴斌

横祸飞来仍淡定,
临危化险救苍生。
苌弘碧血丹心照,
百姓行为举世惊。
杭郡同悲倾雨泪,
钱江汇聚涨潮鸣。
莫言范老忧天下,
遍地英雄呐喊声。

2012.6.4

注：据报载，2012年5月29日上午，杭州司机吴斌在高速路上驾驶长途客车时，被飞来的铁块击中腹部，危急时刻，他忍着剧痛将车靠边停稳，保住了24位乘客的生命，自己却与世长辞。杭州城万人为其送行。

台风『海葵』过无锡

雨吼风嘶狼啸啸，
天昏地暗势汹汹。
山崩树倒房庐毁，
路断田淹稼穑冲。
赤壁东风摇羽扇，
勾吴万马缚苍龙。
暴灾百姓没伤死，
无字碑文不世功。

2012.8.9

注：2012年8月9日，台风"海葵"影响无锡。马路两边，数丈高的大树被暴风连根拔起，竹林东倒西歪，竹叶遍地，电线断，房子塌，道路冲，一片狼藉。

瞻鲁迅故居

目光深邃俯鹏鲲，
笔力千钧万马奔。
铸剑补天除痼疾，
狂人呐喊震乾坤。
铮铮硬骨参天树，
默默柔情故土根。
求索路长终不舍，
穿云海燕伴精魂。

2014.12.7

纪念毛泽东诞辰124周年

日出韶山万国尊，
神州耸立伟人魂。
狂澜力挽擎天柱，
倒海翻江荡旧痕。
思想巍巍传后代，
为民切切扎深根。
横流尽显英雄色，
风雨昆仑傲世存。

2017.12.26

谒朱瑞将军铜像

气势非凡望远方，
戎装猎猎战旗扬。
炮兵百万藏胸内，
血染河山为国殇。

2019.9.26

读倪少坤《宋庆龄陵园楝枣树》有感

淡紫花香暗自飘，
风霜苦辣护天骄。
满枝金枣清尘垢，
静静陪君望海潮。

2019.11.8

读屈原《离骚》

愤怒苍天卷黑云，
庙堂浊气落蝇蚊。
乾坤回转悲无力，
爱国诗魂字字焚。

2020.4.21

瞻拜兰考焦裕禄墓园

风推沙浪搅空浑,
外出逃荒泪满痕。
夜静灯昏难入睡,
晨明雪暗访柴门。
栽桐汗洒千坑雨,
帷幄披肝百姓魂。
壮志未酬留憾事,
长天恸哭倒昆仑。

2020.11.25

谒焦裕禄铜像

风沙盐碱换青田，
满脸沧桑笑九天。
心里万千兰考事，
魂牵梦绕总难眠。

2020.11.25

瞻仰焦桐

郁郁焦桐刺破天,
风沙镇压大河边。
无情岁月英魂去,
遍地葱葱绿满田。

2020.11.25

注：河南兰考县焦桐广场，焦裕禄当年栽下的泡桐已高高矗立，生机盎然。它已成为长在兰考人心上的树。

挑山工（新韵）

头顶蓝天脚踩霞，
肩挑希望上云崖。
千阶汗水浇山绿，
一担阳光暖万家。
满眼景观难共赏，
躬身路险侧攀爬。
巅池会面情无限，
辛苦催开致富花。

2020.12.25

注：据报载，安徽潜山市水吼镇天柱村徐胜利家为建档立卡贫困户。妻杨月红被安排在天柱山风景区照相。他每天从天柱山振衣冈到天池峰，肩挑100多斤货物，上行1300多个台阶，一干多年，终于脱掉了贫困户帽子。

挂在天边的哨所

庚子年除夕,看电视中冰天雪地里,高原边疆哨所战士值班巡逻有感。

脚踩云天手挽弓,
雪原哨所国旗红。
神州万里钟声响,
战士巡边唱大风。

2021.2.11

"五老"精神赞

一腔热血写忠诚，
卅载耕耘后代情。
砥砺创新燃火炬，
无私奉献晚霞明。

2020.12.28

悼袁隆平

千里稻田留脚印，
万家烛火送斯人。
一生育种传天下，
百姓无言敬谷神。

2021.5.23

第三节 扬威四海

西柏坡村

峰峦环绕一山村，
灯火神州万众魂。
小路蜿蜒通大道，
进京赶考转乾坤。

1998.5.16

女排里约奥运会夺冠

强手如林不畏难,
抱团拼搏战狂澜。
聚凝五冠精神气,
勇夺三魁道路宽。
低谷卧薪藏斗志,
高峰淬剑敢驱寒。
争先为国豪情在,
万里征程锷未残。

2016.8.27

赞十九大召开

神舟驶入新时代，
枫叶飘红烂漫姿。
把舵领航中国路，
指南定向复兴旗。
劈波斩浪船行稳，
砥砺征程号角吹。
万众同心谋伟业，
千帆竞渡目标追。

2017.10.26

安徽桐城六尺巷有感

桐城小巷本平常,
三尺春风暖四方。
礼让花开香满地,
引来蜂蝶采芬芳。

2019.4.21

参观无锡702研究所『蛟龙号』潜水器

"鲨鱼"①深海任逍遥，
浪压千重敢弄潮。
定位悬停②藏绝技，
扬威世界国人骄。

2019.6.19

注：①潜水器形状像鲨鱼。②悬停定位，中国潜水器三大绝技之一。

南湖船（新韵）

为中国共产党成立99周年作。

> 风雨经年破浪行，
> 山河飞渡驶长空。
> 承担亿万神州梦，
> 驰向辉煌再远征。
>
> 2020.6.30

纪念志愿军抗美援朝出国作战70周年

迈步援朝万壑鸣,
回眸江水拍桥声。
冰天雪地青松立,
滥炸狂轰勇士行。
甘岭削低坑道战,
骨峰阻击鬼神惊。
挥师五次乾坤转,
捍卫和平震撼赢。

2020.10.23

台儿庄大战观感

血战台庄运水流，
精魂赴死不回头。
民遭苦难苍天怒，
国遇危亡大地愁。
四面楚歌声咽咽，
八方浩气恨悠悠。
春风明月山河照，
将士冲锋号角幽。

2020.11.24 于河南开封
花千树酒店

贺『嫦娥五号』月球取土返回成功

九天揽月任翱翔，
飘落悠闲取壤忙。
戏耍星云传递准，
从容迈步带回乡。

2020.12.17 夜

观全国脱贫攻坚表彰大会有感

点燃灯火万家明,
十亿神州决战声。
填海移山栽富树,
治愚除懒细针情。
八年砥砺贫穷脱,
千载追求世界惊。
挥舞巨椽书奋斗,
从容自信史诗成。

2021.3.26

奔马图（新韵）
——写在建党百年之际

破空嘶啸山河动，
一马奔腾万马酣。
危走井冈寻正路，
险旋赤水转延安。
奋蹄踏碎"残阳"①骨，
咤渡长江咬断"天"②。
遥望征程峰岭远，
百年追梦再登攀。

2021.4.12

注：①残阳，日本太阳旗，借指日寇。②天，青天白日旗，借指国民党。

"天问一号"着陆火星（新韵）

千年一问震苍穹，
脚踩风云落火星。
寻找新家何处有，
未来遥指外天宫。

2021.5.16

中秋节

挟雷裹电速回家，
天外云山抹泪花。
三月遨游多少事，
中秋细品太空茶。

2021.9.18

注：2021 年 9 月 17 日；"神舟 12 号"载人飞船返回，正值中秋节前夕。

第五辑 散 文

故乡的芦苇荡

　　我的故乡在淮河岸边一个不知名的小山村。没有江南周庄的古建筑，中原安阳小屯村的殷墟文化，北方献县崔家庄的名人，却深深地铭刻在我心中。无事时，我坐在凳子上或躺在床上，会不由自主地细细想着，揣摩着，这到底是什么缘由？有时觉得清楚，有时又感到模糊；有时认为抓住了，不知不觉间又感到落空了。是故乡那蓝得让人心醉的天？是故乡那雨天沾住脚就拔不动的丘陵岗坡的泥？是故乡两座充满神秘色彩的小山，还是那既让人喜又让人忧的淮水？是故乡人的乡音，抑或故乡随着历史岁月的变化？剪不断，理还乱，好像都是，又好像不完全是。这大概就是人们常说的"情结"吧？情深处，难以忘怀。对故乡的眷恋，对故乡的牵挂。

　　最让我难忘的，还是故乡的芦苇荡。芦苇喜欢在湿地和浅水的地方生长。我家所在的小村庄南面，窑河和淮河交汇后甩头而走，如两条戏水的青龙蜿蜒流动；西边，传说是刘伯温当年赶来的两座山,围拢着村庄;向北,就是村庄所在的丘陵高地,起伏宕荡;东面,则是一望无际的东湾芦苇荡了。

东湾芦苇,借着窑河、淮河的水势,密密匝匝,铺天盖地,晃晃荡荡,绵延数十里。一年四季都有不同的景色。春天,粗壮的苇钻长出一尺多高的时候,硬硬的尖,紫红色的节,青青的壳,在阳光下,如万箭待发的箭林,西安秦陵的兵马俑,战争年代儿童团举着红缨枪的集结方阵。那勃勃生机,那恢宏气势,让人激动,让人感奋。苇钻长得很快,过几天看看,又冒出一截来了。老人们说,雨后晚上趴在苇地里,能听到苇钻咯吧咯吧向上长的响声。儿时,我和一群小伙伴出于好奇,偷偷跑到苇钻地里,把耳朵贴在地上,仔细地听那诱人的响声,似乎真有,又好像没有。正在互相焦急询问时,一只野兔窜出,大家爬起,没命往回跑去。夏天,芦苇荡是翠绿一片,芦苇已一人多高。站在村东头望去,(庄台和苇地落差十多丈)芦苇绿得没边没际,绿得让人遐想。一阵风吹过,苇荡发出巨大的轰鸣声,芦苇此起彼伏,使人产生宽阔、神秘、敬畏感。那时没见过海,想象中芦苇荡就像大海吧?秋天,芦苇成熟了,金黄色的苇秆,齐刷刷两丈多高,互相依偎着,紧紧靠在一起。用双臂张开一推,芦苇互相挤撞,发出瑟瑟的响声,越传越远,让你感到震撼,感到心醉。苇秆上的苇毛,像银灰色的貂毛,在太阳光照下,闪动着无数光斑,让人眼花缭乱。芦花被细风吹拂,漫天飘浮,薄薄的,稀稀的,和蓝天下的白云融合在一块,分不清哪是白云,哪是芦花。夜幕月光下，那飘动的芦花，如许多月宫嫦娥们舞起的裙纱，让人难辨天上人间。冬天，芦苇收割后，苇叶铺满滩地，厚厚的，软软的，走在上面，发出咔嚓咔嚓的声音，就像踩在很厚的地毯上，让人陶醉。一场大雪之后，整个芦苇荡一片白色的世界。这时，我最喜欢跟大人一起，到苇滩上搂苇叶，作为家中冬天的烧草。早晨，冷风把地面冻透了，踩在上面硬硬的，一点烂泥都没有。大人们用竹筢把苇叶搂成一堆一堆的，然后用腿和手把苇叶压挤得紧紧的，再用踩软的细芦苇捆起来，像打包一样结实。孩子们帮忙的少，戏耍的多。打雪仗，钻进苇叶堆里捉迷藏，刨冻地下的泥鳅，小脸小手冻得红红的，开心快活极了。当太阳渐渐升高，地面刚要化冻的时候，男女老少，车拉人扛肩挑，形成运苇叶的长龙。那阵势，仿佛当年的支前队伍。

　　芦苇荡四季的景色特别迷人，更让我不能忘怀的是和芦苇纠缠在一起的，影响我生命成长的那些事，那些记忆，那些年代，那些逝去的经历。据母亲说，我出生时，接生的四娘在用棉线穿起蓖麻籽点燃的油灯下，找不到剪脐带的东西。情急之下，顺手从墙边抽一根芦苇用脚踩开，掰出两片，互相刮一刮，把其中一片刮成手指宽的"苇刀"，放在油灯下烤一烤，算是消毒吧，然后用这把特制的苇刀把脐带割断，我脱离了母体，掉在床边麦穰和苇叶铺的地上，这才来到了人世间。第二年，中华人民共和国就诞生了。

　　我上小学的时候，经常发洪水，东湾芦苇荡常年有积水。

星期天或放暑假，最喜欢两三人一起到芦苇荡割牛草。我们光着脚，背着畚箕，拿着弯刀，钻进芦苇荡中，立即感到凉阴阴的，爽快极了！没边没沿的芦苇荡，如君子厚德载物，包容万象。里面是鸟儿的世界，动物的乐园，野生植物的生长地，也是我们开心向往的王国。到处是各种鸟的鸣叫声，尤其是一种"芦哥哥"的小鸟，成千上万，成群结队，"喳喳喳喳"的叫声，从来没有停止过，就像乐队主乐器，其他各种鸟的间或鸣叫，只不过是配音而已。走进芦苇荡里，獾狗、兔子、刺猬、蛇等各种小动物经常出现或窜过，吓得我们一惊一乍的；芦苇秆上，野鸭、芦哥哥、大头鸟等各种鸟儿用草在苇秆上搭建的窝，三五步就可见到一个。我有时会捉一些蚂蚱带着，碰到刚出蛋壳的毛茸茸的雏鸟，张着嫩黄的嘴巴叫，就用蚂蚱喂它们，非常有趣。出于好奇，我们经常不顾迷路的危险小心地往深处走。有一次，我们突然碰到一片荷塘，看到淡绿的荷叶，粉红的花蕾，点缀在荷塘一角，清清的透明的水中，鱼儿、虾儿成群结队地游来游去，我忍不住招呼几个伙伴，脱掉衣服，光着屁股，下到荷塘里，摘一片荷叶顶在头上，几个人围成一圈，在荷塘里用手摸那鱼儿，一顿饭工夫，大大小小每人就能抓上来十几条，然后心满意足地放到畚箕里，用草盖上。有时会遇到其他几个孩子，用带来的搪瓷杯，架在高地上，拾枯枝和干苇叶烧火，煮野鸭蛋和其他鸟蛋吃，弄得脸上身上都是灰。玩到天快晌午的时候，我们才匆匆找到一片水草丰盛的地方，挥动弯刀割起来。万年青、穆草都是牛儿爱吃的。当每个人备箕装满青草背回家，往往过了午饭时间，焦急等待的父母便会数落一顿。

上中学时，我就住校了，只有暑假时回家。但我还是忘不了芦苇荡，常进芦苇荡里转悠，或坐在庄东高坡那儿静静地看，默默地想。有时狂风暴雨袭来。像巨浪一样向一个方向涌去，雨打苇叶，发出"嗒嗒嗒嗒"的响声，如万马奔腾掠过，芦苇虽然承受风的摇曳和压力，但芦苇齐心协力，同心同德，团结在一起抵挡风暴，没有一根芦苇被肆虐的狂风摧折。这使我联想到有一年春夏之交，当时连续多天大雨，河水暴涨，通向河里的数十米宽的大坝被冲开，如不及时堵上，不仅芦苇荡会被淹没，就连上万亩滩面庄稼也要全部泡在水里。村上一位捕鱼的小伙子发现后，丢下渔具，拼命跑回庄上报信。很短时间，男女老少上千人，拿着铁制的锹、铲、铣、叉，自发地扛着家中的木头、树棍，摘下门板，拿出装粮食的麻袋，向溃坝跑去。在村干部的吆喝下，二百多小伙子分成两排，手拉手跳到缺口里，筑成挡水人墙。其他人打桩、挖土、装包、抬泥、填土、紧张而不混乱。半天时间，几十米宽、两米多高的大坝立起来了。然后大家说说笑笑，不紧不慢地往家走，一切是那么自然，那么从容，压根儿像没发生过险情一样。

记得到高校念书时，无钱交学费，父母在生产队劳动，一个工日只值几分钱，全年分的粮食仅够口粮，根本没有余钱供我上学，家中唯一经济来源就是分到的几十捆芦苇了。放寒假回家，我就用芦苇编成折席。故乡的芦苇，秆长、壳薄、柔软性好，打成的折席紧密、整齐、漂亮。挑到几十里外的安徽五河县城收购站卖，收购员一眼就认出是我们王套村东湾芦苇编的，给的价钱也高，卖回的钱就作为开学时费用了。冬天，没有棉鞋，父亲就用苇毛和碎布条搓成细"毛线"，编成毛窝鞋，再订上两块小木块，就成了"高跟棉鞋"了。穿在脚上，又暖和又防泥水。家中房子漏雨，用芦苇扎成把子换烂掉的屋把，用铡刀把芦苇铡成一尺多长一段，修补屋面，既平整又美观。芦苇根刨起能当柴，芦钻可作药用，芦秆不仅可以编折席、缮房子，在工业上还可用于造纸等，芦叶可烧锅、包粽子，芦毛可做工艺品。芦苇全身都是宝啊！母亲还告诉过我一个惊险的事儿。当年日本鬼子跑到我们庄上闹腾，母亲和全家人及庄上老老少少都躲到芦苇荡里。日本兵在芦苇荡边转，就是不敢进去，怕有八路埋伏，就胡乱向芦苇荡放枪。有一颗子弹受到芦苇的阻挡，最后穿进一根芦苇里被夹住了，而这颗子弹离母亲只有一步远。是芦苇救了母亲脱了险。每当我想到芦苇对我和家中的帮助，对全村人的贡献，心中感激之情油然而生，眷恋之意也难以释怀。

　　工作之后，回家的机会就少了，偶尔回去一趟，也是当天就走。即使时间很短，我还是会抽空去看看芦苇荡。每看一次，都有不同的感受。芦苇从长出幼芽芦钻，到成熟落叶，不需要锄草、施肥、浇水，完全靠自强不息、坚韧的生命活力。芦苇生长，不管是身边低矮的小草，还是比自己高大的植物，或是更有甚者是缠绕在芦苇身上才能生长的"拉拉秧"之类，芦苇不欺弱，不惧强，不嫌弃，不排斥，和大家同在蓝天下，共同生存、生长；芦苇从没让人们给它施肥，完全靠自己的根、叶烂在地里，增加土地肥力，供自己和其他同类有充足的营养，周而复始，生生不息；芦苇也不靠人工给它浇水，每年河水猛涨，漫进芦苇荡，就够它用的了。有时芦苇荡进水太多，有一两米深，芦苇只上半身露出水面，下半身长时间泡在水里。芦苇仍能坚强地生长，不像其他水草都丧身于洪水之中了。逢到干旱之年，几个月不下雨，芦苇也能忍饥受饿，顽强地活着，从不倒下。

  自打《春天的故事》传唱之后，故乡的变化快了。山还是那个山，地还是那些地，人还是那些人，原先荒山成了"花果山"，美国的薄皮核桃，日本的富士苹果，土耳其的葡萄，漫山遍野。田地里的庄稼，产量直往上冒，都是原先的好几倍了。以前全村人种那些地都忙不过来，现在只要十抽二种那些地，还要闲半年。村上五十岁以下的男女劳动力，十有八九都到外地打工挣钱去了。早先用芦苇、麦草作主要材料的土墙草房，全部被楼房和瓦房代替了。烧饭都和城里一样用液化气，不再用芦根、苇叶和其他草类了。过去国家收购芦苇编的折子，主要用于储备粮食，现在都用新的防火材料建起了储备粮仓库，哪还用芦苇编的折子呢？芦苇在故乡人生活、生产中的地位和作用逐渐下降了。更使人感到荡气回肠的是，芦苇赖以生存的湿地，由于淮河治理，疏通了入江水道，开挖了入海通道，淮水和窑河水已不会向东湾芦苇地漫水了，县、乡的水利配套工程也日趋完备。为保证窑河北岸的土地不受水患，芦苇荡中间也开挖了一条小河，积水顺着小河流进了窑河、淮河里，芦苇荡里的积水也就没有了。

20世纪90年代，我到外地工作，几年没有回去过。梦里还常梦见芦苇荡。世纪之交时期，我调回宿迁，清明节回家祭扫，再到村东高地望那芦苇荡时，已经变成了千亩良田。我心中的失落感油然而生，眷念、遐想一起涌来。远处，淮河水奔腾着，也裹挟着人们不愿失去的东西，势不可挡地向东流去……

故乡消失的芦苇荡仍在我心中，我心中的那个芦苇荡却永不会消失。

2013.3.22

乡关何处

故乡如长卷水墨画,那不大的山,清清的河水,青石板小桥,无边际的芦苇荡,绿树掩映的村庄,蓝天白云下的庄稼地,悠闲吃草的牛儿,欢叫骚动的驴群,不紧不慢干着各种活儿的父老乡亲……点点滴滴,都浸润在我心灵的画纸上,擦不掉,抹不去。随着岁月流淌,时间的笔,时代的色,也在涂改着画面,让长期在外的我,时而惊讶,时而感慨,时而无奈,时而惋惜,时而振奋。那百看不厌、耐人咀嚼寻味的幅幅长卷,蕴藏着生我的地,长我的根,育我的人。不久前,我从报纸上看到两则消息,一条是2000年到2010年,我国平均每天消失300个村庄;另一条是,家乡所在的泗洪县,1997个村庄,将合并建几百个农村居住小区。这两则消息,犹如兴奋剂,让我彻夜难眠。家乡的水墨长卷,也将在城乡一体化的大潮中被卷走吧?这时我想起唐人崔颢的诗句:

日暮乡关何处是,
烟波江上使人愁。

人就是那么奇怪，当你拥有时，觉得习以为常，没有什么值得珍藏爱惜和呵护的，而一旦失去或将要失去时，珍视和不舍之情油然而生，往昔极平常的东西突然觉得极其宝贵和不同一般。此时，我就是这样的心境。

给我印象最深刻的，就是感受到失去故乡的绿。几百户人家的淮河岸边的小山村，家家户户房前屋后、院内院外都有大大小小十几棵、二十几棵不等的各种各样的树。枣、杏、桃、梨、柿、石榴、桑、椿、槐、楝、柳，到处都是。远看，绿色村庄隐约露出点红房瓦舍。晨曦中，晚霞里，炊烟袅袅，蓝天、白云，相映成画。走进村庄，一眼望见的，家家门前都有一块大小不等的菜园。芦苇或高粱玉米秆儿扎成的篱笆，园内青菜、萝卜、茄子、韭菜、黄瓜、辣椒、葱、蒜、扁豆、刀豆、茶豆，应有尽有。嫩绿、浅绿、鹅黄绿、深绿、暗绿、老绿，真是层次分明，绿成一片啊！给我印象最深的是村庄西面龙岗岭上一棵来祖树。也没有人考究过它的学名，大家都叫它黄楝头树。它高有五六丈，树冠遮盖半亩多地，树粗十来岁孩子六七人手拉手才能勉强围一圈。树叶密密匝匝，夏秋之季，满树挂着二尺来长、小拇指粗细的翠绿色的条果，像高低错落、层层叠叠的翡翠挂帘。据老人们讲，这树是来祖从山东迁到这儿栽的，至少也有几百年了。说也奇怪，龙岗岭地势北高南低，像一条龙蜿蜒南下，到来祖树这儿戛然而止。再向南就是落差几十米的淮河北岸的低洼沙滩地、沼泽地、芦苇荡。龙岗岭两侧都是斜坡洼地，生长着刺槐、灌木之类，唯有来祖树，独领风骚，岿然挺立于龙岗头。方圆十几里，都可看到这棵树的郁葱英姿。特别是从外地上学、工作回来，走到双沟西山头上向西望去，透过十几里长的林带和芦苇荡，一眼就看见了那棵来祖树，心里一下就踏实了许多。家就在那儿，兴奋、激动一下就冒出来了。有了目标，有了方向，脚步也快了，腿也带劲了。有人说，是地气催生这棵参天大树的，它西傍大小红山，东接海一样望不见边际的芦苇荡，北依绵延起伏的丘陵冈岭，南饮窑河、淮河之水，因此长得茂盛。也有人说，是祖上积有阴德，让这棵树生机勃勃，庇护后人兴旺发达。庄上有几户人家，曾在傍晚或中午看到过这棵树荫映照在家中堂屋里。还有人说，这棵树就是先祖魂灵所化，世世代代默视族人积德行善，和衷共济，甘苦与共。就是这棵来祖树，夏天，太阳烤得大地一阵一阵热浪，干活的大人和放牛割草的孩子热得受不了了，就跑到树底下，立马就会感到冷飕飕的，凉快极了，一会儿身上就会起鸡皮疙瘩，要穿厚点衣服才能顶住。树下，歇凉的，打牌的，聊天的，讲故事的，孩子藏猫猫的，弹溜溜的，下裤裆棋的，简直就是个纳凉广场。树上，各种鸟儿垒的窝，大大小小有上百个。上千只鸟儿在树上叽叽喳喳，全然不顾树下大人小孩在干什么，还常常捣乱似的拉屎拉尿，落在人的脸上手上衣服上，往往遭到的是一顿臭骂。鸟儿也不理睬，仍在树枝树叶间飞舞着、追逐着、叫嚷着、扑打着，又是一层空中鸟儿们的休闲广场。每当要过年了，或是清明节来了，庄上的老人们都要到树下祭拜，祈求祖先保佑平安，人丁兴旺，风调雨顺。这棵历经沧桑的来祖树，是故乡贫瘠黄土地上顽强生命力的象征，是故乡世代人企盼幸福的精神托付，是熔铸在故乡人包容苦难、挫折及雨雪风霜磨砺的坚硬心灵深处的常青树。"大跃进"时期，来祖树被锯倒了。当时，庄上许多人好多天吃不好饭，睡不好觉。他们只能把对来祖树的情爱、敬畏、心愿埋藏在灵魂深处，用虔诚在心中默默祭奠。接着，庄上各家各户粗细不等的树木成片的松林、柿园、枣林、桃杏林等全部被一扫而光，村庄变成一个无衣遮体的裸露女子，好多年后才慢慢恢复了一些绿色。家家户户门前屋后的菜园，琳琅满目。来客人时，不用上街买菜，自家园地里弄几样时鲜蔬菜，庄上小店里沽一壶酒，吃着、喝着、聊着，怡然自乐。从那时起，在"割尾巴"的大潮中，这些光景再也见不着了。

带给我心灵极大震撼的，是失去故乡的人。印象中故乡有二百来户人家，绝大多数姓王，只有沾亲带故的少数几户秦、潘、田姓。大家在一起过着虽不富裕但却安宁的日子。吃饭时尤其妇女喜欢端着碗串门子，东家长西家短地边吃边拉家常。下地干活，三个一群，五个一档，扛着锄头，背着粪箕，牵着牲口，拉着板车，提着竹篮，拎着镰刀，说说笑笑，向村庄的各个方向走去。晚饭后，人们忙碌了一天感到很疲惫，但年轻人仍然精力旺盛，常常会缠着会讲故事的老人讲《三国演义》《水浒》《西游记》等，或者请专门说评书的艺人，说唱《杨家将》《岳飞传》《梁红玉》《打蛮船》等。男女老少上百人坐在那儿听，常常鸡叫了，露水把身上衣服打湿了才依依不舍地散去。过年了，庄上到处都是人，到处都在忙，到处都是喜气。自编自演唱泗州戏、黄梅戏的，看皮影戏的，玩杂技的，套彩的，瞧万花筒的，捏糖人的，剪门帘窗花的，请写对联的，编竹篓、打折席、蒸馒头、包饺子、团汤圆，到处热气腾腾，家家户户欢笑忙碌。大年初一清晨，往往刚开门，几十个孩子就吵吵嚷嚷拥进屋子，跪下就磕头，给了糖果、瓜子、小点心后，又一窝蜂地向下一家拥去。那情景，那场面，那人气，叫人心醉。

困难时期，粮食紧缺，庄上人家十有八九缺粮，饥饿笼罩着全村，威胁着全村的人。国家救济粮越来越少，人们为了渡过灾荒，野菜、树叶、瓜藤，甚至酒厂的酒糟都弄回家充饥。年轻人干活有气无力，孩子哇哇哭叫，老年人身上浮肿。眼看生存下去非常困难，但没有一家人外出要饭的。全庄人出现从未有过的同心同气，互助互帮互借，哪家人饿得快不行了，村里领头的就召集一些人商量，请大家从牙缝里挤出一点救急。虽然各家都在忍饥挨饿，可还是愿意把攥的手心出汗的东西拿出点救人命的。同时，通过组织生产自救，硬是挺过了那让人难忘的艰难时期。

在那靠挣工分获取报酬的年代里，每个工日只有一毛钱左右的报酬，生活自然清苦，如遇天灾人祸，生老病死，就更捉襟见肘，债务缠身，日子愈加不好过了。但即使这样，故乡人仍然保持一股正气。再穷，也不做坑蒙拐骗、偷鸡摸狗的事；

再穷，也要挺着腰板做人；再穷，也不愿让人背地里指指戳戳。人们始终坚守着"君子固穷，勿取不义之财"的做人之道。有时，家中孩子到别人家玩，偶尔出现那家人说少了东西，孩子回家，大人都要再三追问，确认孩子没拿后还要严厉教育叮嘱，并向人家解释。直到那家人告知东西找到了，孩子的家长才能舒了口气。庄上有个别手脚不干净的人，好拔人家几颗山芋，摘人家地里的几把豆角，故意把人家鸡鸭打死拿回家等，被发现后，全庄大人小孩见到都躲着走。走到哪都有人在背后叽叽咕咕，见到人都是拿异样的眼神和表情看他，想和别人说说话，人们都支支吾吾找个由头就走了。他们感到巨大的压力，在庄上抬不起头，从此以后再也不敢做那有损庄邻的事了。

　　故乡的人还有着世代相承的执着，就是勒紧裤带也要让孩子读书的志气。识字不吃亏，读书明事理。更要紧的，读书可以走出山村，到外面的世界生活，不用再吃面朝黄土背朝天的劳苦。最淳朴的观念，让家家户户，把送孩子上学作为一种自觉，一种风气，一种寄托。孩子能考上初中、高中、大学的，不仅自家倾其所有，亲戚邻居也会尽力相帮。只要孩子念书出息，家长再苦、再累、再难也心甘情愿。这种乡风，使庄上有文化的年轻人多了起来。有一段时间，庄上入伍的年轻人，到部队后全都考上了军校。这种情况一直延续了好多年。之后，庄上考取大学的孩子也比周边村庄多，这些都是庄上人引以为荣的。

随着时间的推移，时代的发展，故乡人发生了从未有过的变化。祖祖辈辈日出而作，日落而息的农耕生活，因农业机械的大量使用，农闲时间多了；城市化大潮的裹挟，年轻人有了出去闯一闯、试一试的欲望；家庭中有了剩余劳力，家长们也想让孩子出去挣点钱补贴家用。于是，一些胆大的年轻人鼓着勇气，忐忑地朝开放的陌生的城市走去。年底回家，他们用汗水和辛劳换回的钱，让大人们着实感到了意外。渐渐地，到外面打工的人越来越多，从男孩，到女孩；从年轻人，到中年人，甚至年龄更大的人；从男人独自外出，到夫妻共同外出；从短期季节性，到长期全年打工；从立足挣钱补贴家用，到打工作为重要的家庭经济收入；从立足挣钱回家，到立足挣钱在城市安家。离开村庄的人越来越多，二十多岁的，三十多岁的，四十多岁的，五十多岁的，一批一批，先后都涌向城市的列车。他们人在城市却不被当做城里人，干着城里人不愿干干不了的活，却享受不到城里人待遇，想在城里安家，却被道道门槛拦住。即使这样，凭着故乡人的执着和坚毅，宽厚和仁慈，仍然不离不弃地在眼花缭乱的天地里打拼，为现代城市建设添砖加瓦，出力流汗，梦想有一天做个城里人。甚至老人和孩子也蹒跚着蜗居到县城去了。老人们租下简陋的房子，带着孙男孙女读初中，读高中，进而连上幼儿园，上小学也到县城上了，为的就是不让输在起跑线上。庄上的人越来越少，只剩下空巢老人和还不能上幼儿园、小学的孩子。几千人的村庄，只剩几百人在那看守着。许多人家的瓦房、小楼房都是铁将军把门，空无一人。过去那热气腾腾、人喊马叫、生气勃勃的景象已不复存在了；往日的宁静、一年四季有规律的农耕劳作已被隆隆机械和农业工业化所替代；曾经的家族式的村庄结构已被城市化的强大引力所拆解；人们根深蒂固的恋土难移、叶落归根的故乡情结也正在承受着现代文明的溶解和改变。

更让我难以面对的，是失去故乡的屋和村庄。人去室空，这已是必须直面的现实。然而更残酷的是空屋连同村庄也将被夷为平地，搬迁到规划的住宅新区。祖祖辈辈含辛茹苦建起的家，从泥墙草屋到砖墙瓦屋再到砖瓦小楼，每家每户都付出一代又一代人的心血，凝聚了一代又一代人的汗水和努力，浇注着一代又一代人的梦想。如今，城镇化的履带将把故乡人赖以生存的屋和村庄碾压改变。农耕文明，村庄文化，历史遗迹，民风民俗，生活方式，生活习惯，就如凤凰涅槃，将以新的面貌出现。这是质朴、善良、勤劳的故乡人一时难以适应、难以接受的。他们既茫然无措又一如既往地执着地忙活着，既向往新的又惧怕失去原有的，既想保护又感力不从心，只能守在家里焦躁不安地观望、打听、等待，魂不守舍地摸摸锄头，摆弄着犁耙，看看腌菜的坛子，敲敲祖上留下的锡茶壶。他们默默地走到老井边，用粗糙的大手，抚摸着井台青石被井绳磨出的凹痕；漫无目的地踱步在村庄通往承包土地的小路上，左顾右盼，走走停停，停停走走，自己也不知道想什么，又想干什么。于是，他们索性坐在村头的榆树下，点起烟袋窝，一手托腮，一手托着烟袋杆，雕塑般一动不动，只有吐出的烟圈在缓慢飘动，仿佛在默认无法选择的命运，决心承受着风雨潮流带来的喜与悲。有些头脑灵活的，则在悄悄地筹划寻找新的家园。因为大家明白，屋和村庄的失去只是早晚的事，尽管这是不忍面对而又不得不面对的痛苦的事。无论你愿意或是不愿意，想走或是不想走，结果都是一样的。城镇化的大潮将拥推着乡亲们向前走。走出那不大的山，走出那依然流淌的河，走出那铸造故乡人灵魂的土地。好像也不全是。或许只是走向新的的陌生的家园……

乡关何处，那是乡亲们心灵的呐喊，是对失去故乡的依恋，也是对未来家园的切盼。故乡的水墨画要在历史的节点上止笔，这让我这个生在农村，却长期生活在城里的游子，更加难以割舍那赋予我生命的贫瘠厚重的故乡土地，那用原始笨拙的方式教我做人、奠定我成长底色的乡亲们，那埋葬着宽厚向善传我家风、嘱我持家育子的父辈祖辈们。伟人说过，忘记过去就意味着背叛。是的，已经失去或将要失去的不要忘却，那是时代的印记，历史的写照；失去的不要丢弃，留让后人去认识、了解和咀嚼那特殊的风味；失去的不要毁灭，要用它承接现在，延伸未来；失去的不要践踏，让后人用它去浇灌新的再生，新的故乡情结。

2014.5.6

梧桐情结

我和梧桐第一次见面,是在 1965 年 8 月 29 日。当我一个农村孩子来到淮阴中学校园报到的时候,第一眼注意到的就是梧桐树。它那嫩绿的、密密的、巴掌大的叶片,青白色的、挺拔的树干,站在青石板铺就的道路两边,青砖黛瓦、廊柱拱门、饱经沧桑的教学楼和教室前面,一排排,一行行,像主人一样,摆动着叶子,和迎接我们的同学一起,欢迎我们这些刚入校的新同学。当时觉得这种树给人一种生机勃勃、奋发向上的印象。但我不知道它叫什么名字,因为,我的老家种的都是枣、柿、椿、楝、槐、柳等实用树种。

之后,我从同学口中得知是梧桐树的时候,非常惊喜,原来这就是《诗经》中所描写的"凤凰鸣矣,于彼高冈。梧桐生矣,于彼朝阳"的梧桐树呀!我顿时产生一个念头,虔诚地选择一片嫩叶摘下来,藏在包里的书页间,把对梧桐树的第一印象和喜爱保存进去,珍藏起来。从此,我和梧桐树结下了不解之缘。清晨,我早早在梧桐树下石条长凳上读书,困顿时,梧桐会洒下几滴露珠在我脸上，让我精神为之一振；中午，火热太阳下，或下雨天，走去饭堂的路上，梧桐会撑起绿色的伞，为我遮阳挡雨；晚自习后，梧桐用它那沙沙的喉咙，哼着轻快的曲音，舒缓我一天学习的疲倦。

　　淮阴中学建设一流的师资队伍，创造一流的学习环境，营造一流的学习氛围，培养一流素养的学生。这种办学理念和目标追求，像磁铁一样，吸引着同学们奋发努力、释放潜能；像高速旋转的加速器，推动和激发着同学们争分夺秒、你追我赶。我一个农家的孩子，更感受到巨大的压力。但我不自卑。就像梧桐树一样，只要扎根大地，多吸收水分和阳光，就能长得快些；只要多看书，多问人，多做实验，以勤补拙、以勤补缺，相信总不会掉队的。

第一学期的寒假，我没有回家。一是想为家里省点钱，细算来去车费够一月伙食费，而寒假只半个月，可省半个月伙食费下来；二是想趁假期，到医院看看腿病，我的右腿初中时患骨髓炎引发的流黄水的疮口，一直不愈合，心里担心、着急、害怕，想趁假期到地区医院住院做手术，不耽误开学回校上课。三是更想利用假期多看点书。

那个寒假让我终生难忘。白天还好，晚上万籁俱静，寒风敲窗，床上梧桐枝影，一楼仅我一人，那心境，那孤寂，唯有自己能咀嚼出那难言的滋味。尤其到了年三十晚上，天空零星飘落着雪花，我走出校门，到大街上走走。昏黄的路灯下，寂静的马路上，关闭的店铺，稀少的行人，只有断续的鞭炮声，机关单位挂起的红灯笼，贴上的红对联，显示出节日的气氛。

异乡的大年夜更触动了我思乡的念头。一家人在一起，吃的虽不丰盛，但有滋有味，有浓浓的亲情，有团圆的幸福感。尤其是哥哥姐姐、堂弟堂妹、左邻右舍聚在一起，谈天说地，讲故事，说笑话，猜谜语，变鬼脸，玩小魔术，那热闹劲儿，那亲热劲儿，那开心劲儿，就像家庭小晚会。想到这些，我的情绪更加低落。

我回到宿舍，躺在床上，心情烦乱，随手从床头抓起一本书，是一本画册。那是爱画画的表哥去当兵时送我的。我无意间翻到了《大梧桐树》，那是世界有名的荷兰画家梵·高秋天到农村的一次写生作品。秋天，金色的阳光照射下，金色的梧桐叶，金色的土地，在巨大的梧桐树群下，修路工人和村民正辛苦地劳动着。这意象瞬间使我受到了震撼，让我想到父母在家劳动的艰辛。

父亲眼睛白内障，看东西模糊，不能干农活，为了让我上学，他就跟人学会了补锅手艺。六十多岁的老人，整天跌跌撞撞，走村串户吆喝，一个月也只能挣几块钱。母亲受封建礼教残害，裹的一双小脚，仍撑起全家生活的重担。她坚持常年在生产队干活，收、种、锄、薅，样样农活都干，承受着比一般女性更多更重更痛苦的担当，目的是多挣点工分，多分点钱，好供我上学之用。离家时父母千叮咛万嘱咐的话语，期盼我好好用心学习的眼神，让我感到浑身发热。我从床上坐起来，思绪在翻腾着，我孤独吗？班主任朱宝君老师不是也没回家吗，边防哨所的战士不是也不能回家吗，一些工厂里的工人坚守在岗位上不也难以回家吗！居里夫人搞实验，在一个破棚子里连续干了四年，她感到孤独吗？这时，我明白了一个道理：环境可以消沉一个人，也可以激励一个人，还可以塑造一个人。范仲淹的《岳阳楼记》里"不以物喜，不以己悲""先天下之忧而忧，后天下之乐而乐"的蕴意，此刻才多少有点领悟。于是，我站起来，走到窗前向外看，此时风雪正紧，梧桐树静静地站立着，枝杈上粘着一层白雪，像是无数双眼睛在看着我。是啊，梧桐树在看着我，父母亲在看着我，班主任老师在看着我，同学们也在看着我，我怎能让大家失望呢！从此时起，我暗下决心，收拢心性，清除干扰，集中精力，专注于探求新的知识。

在淮阴中学度过的第一个寒假里,我曾陪朱宝君、贾硕梅两位老师到杨庄一带打过一次猎。大年初三的上午,早饭后,朱老师喊我到他宿舍里。他又找来教我们班政治课的贾硕梅老师,带上两把气步枪,一起出发到郊外打猎。出校门向东,大街上人很少,依然比较冷清。再转向北,过运河桥,岸边有些许薄冰。经部队礼堂和军部,斜路向东北方向走到淮海路,再向西走,大约走有四五里路,渐渐就进入郊区。放眼望去,进入视野的是收割过的庄稼地,枯草遍布。其间,一大块一大块的蔬菜地,大白菜、萝卜、菠菜、青蒜等等,绿意盎然,充满生机。我感觉像是走在家乡的土地上,熟悉、亲切、兴奋。荒草地里,偶尔窜出一只野兔,我惊喜地大喊一声,两位老师慌忙先后发枪,但都没有打中。两人在互相抱怨中总结原因,准备不足,出枪太慢。又走了好长时间路程,到了杨庄电厂附近,看到一大片浅滩水面,芦苇野草丛生,一群野鸭从远处游来。大家欣喜不已。分散隐蔽,屏住呼吸,寻找时机,希望一击命中。但每次都是枪响鸭飞。只有贾老师,有一枪把一只野鸭打掉下来几根羽毛。可大家不灰心,劲头儿十足,精力集中。直到快晌午了,也没有收获,大家才不甘心地离开,慢吞吞地往回走。我们边走边聊,认为一是枪打的少,手生;二是没有正规训练过,动作不规范。朱老师又主动教我打气步枪的一些基本常识,并把枪给我,鼓励我到前面树林里打麻雀。我费了好大力气打了几枪,一无所获,但心里很高兴,因为真真切切打过枪了。贾老师对我说,打枪和学习一样道理,要动脑筋琢磨要领，持之以恒苦练方能有成效。养由基的"百步穿杨"不是一天工夫就能达到的。我听了默默记在心里。太阳过晌了，大家去回走有30多里路，又累又饿。在一家小吃店里，朱老师买了四碗雪里蕻肉丝面，叫我吃两碗。我稍作推辞，就大口大口地吃起来，一扫而光。两位老师会心地笑了。这天晚上，我睡得很香很香。

寒假期间，我专门到设在王营的地区医院看过一次腿病。在上初中三年级时，右腿患骨髓炎住医院治疗半年多，出院后一个学期，又在膝盖右上侧害疮流黄水，一直治不好。到淮阴中学上学仍然流黄水，疮不收口，经常要到校医务室换药。朱宝君老师知道后，非常关心。他了解病情后，要我到清江市人民医院找一个叫刘道生的骨科医生看。我去了几次，终于等到刘道生医生坐诊。他给我仔细检查后，告诉我，得的是非感染性骨髓炎，按要求应该住院做手术，但也可以不做手术。因为，"你这腿病，中医叫附骨疽或咬骨疽。就是表面骨头坏死一块，然后里面新生的骨头长出来，把坏死的骨头顶到肌肉里，于是肌肉就害疮流黄水不收口。直到坏死的骨头随着疮口流出来，腿病就好了。区别就在于，手术好得快些，自然好慢些、时间长。"回到学校，我把刘医生诊治情况告诉朱老师。朱老师说："不行，谁知道多长时间能好，会不会发生变化？我向学校领导反映后再做决定。"一个星期后，朱老师告诉我，学校领导已经研究过，同意住院治疗，医疗费用由学校解决。听到这话，我心里暖暖的，眼泪不由自主地流了出来。我到地区医院看腿病时，要求住院治疗。医生告诉我，住院要排队，现在已经安排到三月底了，你四月份再来看看。我只好闷闷不乐地回来等待。谁知开学后，到了二月底，我到校医室换药，纱布揭开后，疮口处露出了尖尖的粗糙的骨头。我咬牙用手使劲一抽，一块大拇指宽长的朽骨拔出来了，心里暗暗松了口气。自己用酒精棉球把血洗去，上点消炎药粉，再贴上纱布。果不其然，几天后疮口收口，不再流黄水了。两个星期后结疤，逐渐就好了。

除这两件事情之外，就是在教室和宿舍里看书学习了。学习内容的丰富多彩，深入进去后的峰回路转，咀嚼出已知新意的趣味，追求未知的渴望，让我乐此不疲，从而冲淡了生活上的单调，掩盖了思乡的离愁。

开学后，紧张的学习生活又开始了。

1968年12月，我们毕业了。大饭堂会餐，有的喝多了，有的喝醉了，有的说了一夜的絮叨活。那都是心醉了，情醉了，不能自已罢了。第二天，寒风萧萧，衣发飘飘，相聚时难别也难，男儿此时泪也弹。路两边的梧桐树，枝枝向上，迎风站立着，像在默默为我们送行。看到地上铺满金黄色的梧桐叶，我百感交集，思绪万千。班主任老师手抵剧痛的肝部，神情自若地给我们上课的情景；南院教室前的池水旁、柳树下，同学们苦读的身影；到校办农场劳动，挥汗如雨，你争我抢，欢声笑语的场面；实验室里，那琳琅满目、让人眼花缭乱的仪器，神奇变化的操作实验。这些画面，在头脑中不断闪现。我蓦地从地上捡起一片金黄色的梧桐叶，小心翼翼地夹在笔记本里。让对在校期间的喜、怒、哀、乐的记忆，对接下来人生要走的奋斗道路的渴望，凝聚在叶片里，化为激励自己前行的温暖力量。随后，我和班长蒋理等同学一起，告别同学，告别学校，踏上了回家的路，走向广阔的天地间。

　　50年后的2016年7月12日，淮阴中学老三届回母校探亲团聚，我们高一乙班同学和班主任朱宝君老师一起，参加了800多人的大聚会。那宏大的场面，隆重的氛围，紧紧拥抱的激动，迫不及待地询问交谈，老泪纵横的万千感慨，让人难以忘怀。期间，我们又专门到老校区看了一看。旧貌换新颜，一切都是新的，新的教学楼，新的教室，新的宿舍，新的礼堂，新的大门，新的道路，让人感到变化很大。我发现，只有路两旁的梧桐树，还是原来的。只不过长得又高又粗，"枝枝相覆盖，叶叶相交通"，显示出亲密、团结、友谊、包容。原先青白色光滑的树干，变得粗糙遒劲，虬结隆起，让人想起唐代女诗人薛涛的诗句："庭除一古桐，耸干入云中。枝迎南北鸟，叶送往来风。"我用手摸着树干上的皮和结，感受到它的沧桑、坚韧和不屈。临离开时，大家在路边的梧桐树下照了相。我又下意识地摘下一片梧桐绿叶，把它和自己半个世纪来伴随祖国成长变化的点点滴滴一起珍藏起来，放到纪念册里。最后，我望了一眼淮阴中学校史陈列馆，和大家一起离开了难以忘却的母校老校区。这一去，不知何时再能回来相聚，再采一片梧桐叶呢？

2017.9.15

眉宇之间

——追忆朱明石老师

2013年12月15日,我和李忠贤一起到南京省人民医院看望病重的朱明石老师。他住10号楼5层重症监护室。我们到的时候,快12点了,见到了朱老师爱人邢秀山。她告诉我们,朱老师因肺部严重感染转院到南京治疗已一个多月了,本来在重症监护室治疗已明显好转,老师自己也觉得病已无大碍,就要求转到普通病房。这样一来,每天看望的人纷至沓来,一个星期后,病情二次复发,又重新转住重症监护室。现在,医生根据病情,一天只允许探视一次。一次限2人分别进去。今天下午3点可以让两人探视。午饭后,我们准时到了监护室门外,朱老师的女儿朱岩平、朱岩芹也来了。岩芹先进去,半小时后出来,我被允许进去探视。换了衣服,戴上口罩,穿上鞋套,在护士引导下到了09号病床。一眼望去,朱老师身上插了好几根管子,眼睛安详地闭着,脸虽看不出瘦,但已不是原来的模样。头发雪一样白,枯干没有油脂,皮肤和脚面还有光泽。我轻轻摸着老师的手,变声地喊出:"朱老师,学生王乃友来看您了!"三声,一点反应都没有。但当我泪眼模糊时,隐隐看到老师眉毛抽动了两下!我情绪激动地再喊"老师,老师!"已再无任何反应。看看检测仪器,心跳73,正常。这时,我的心里翻江倒海,头脑里涌现出无尽遐想。老师眉毛动了两下,这是他在拼尽生命的力量,用他平生最习惯的动作告诉我,他已听出了学生的声音呀!他还有很多话想对学生讲,还有很多事想和学生聊,还有很多牵挂想要学生帮着做呀!可他,已经无能为力了。

人在极度喜怒哀乐时,往往会有着各自不同的动作和表情。朱明石老师就是这样的人,他在某些特定时刻会习惯性地抽动两下眉毛。

朱明石老师是我最崇敬的一位老师。1938年8月16日，朱明石老师出生于江苏泰兴；1959年，徐州师范学院中文系毕业，开始分配在泗洪师范学校任教；1962年，泗洪师范学校下马，调到泗洪峰山初级中学任教；1972年起，先后在泗洪县委宣传部、县政府办公室、县委统战部等机关工作；1994年1月，担任县政协副主席兼统战部部长；1996年9月之后，一直担任宿迁市政协祖国统一和海外联谊委员会、学习文史委员会主任，直到退休。他人品敦厚诚实，政治原则坚定，学识水平很高，尤其对学生关爱备至。凡他教过的学生，没有不钦佩的。1963年，朱老师教峰山初级中学三甲班语文课。我当时就在三甲班读书。上语文课时，朱老师那清脆的语音、分析课文的独特见解、旁征博引的论证，深深打动和吸引着我和同学们。作文课评讲，更是同学们所喜爱的。他把全班同学的作文，条分缕析，解析犀利生动，评价入情入理，同学们很受教育和启发。我写的作文，朱老师很认可，常常作为范文评讲，让我很受鼓舞。每次语文考试、作文竞赛、期中期末考试，我在班级、年级大都名列前茅。朱老师对我更是青睐有加，常常把我叫到办公室或宿舍，指点询问，开给阅读书目，规定写读书笔记，要求严厉又关怀备至。师生之情，尽在不言之中。

朱明石老师对同学们的关爱是普遍的、一贯的、尽心尽力的。听一些同学说，在此之前的1962年，正是国家三年困难时期，家住四河里的袁德梁同学，因家中困难，星期天回家后，决意帮家里下地干活，不准备上学了。朱老师听到后，过河徒步走十多里路到他家，动员他及其父母克服困难坚持上学，并资助他20多斤粮票，使袁德梁同学顺利完成学业，考上了淮阴师范学校。

1963年下半年，期中考试后，我因打篮球摔了一跤，引发了右腿病患，回家后躺在床上不能动。我的腿肿得像剥了皮的粗树棍，不能伸屈，皮肤紫胀光亮，稍动一下就疼痛钻心。当时家里很穷，父亲眼睛白内障看不清东西，母亲为封建礼教所害，从小裹脚，干农活困难。家里经济来源很少，连吃饭都难以为继，更不用说有余钱治病了。没办法，只能请邻村的土郎中扎针，用采来的草药捣碎敷上降温。一连七八天，发烧、疼痛、睡不着觉。母亲只能以泪洗面，虔诚祷告求主保佑。这时，班主任李文艺老师发现我一个星期没上学，就派两位同学到我家看看。他们一见我黄瘦如柴，呻吟不止，右腿粗肿，吓得慌乱无主，语无伦次地安慰我几句，就匆匆走了。

两天后，朱老师带着八位同学来了。他见到我，非常惊讶，紧皱的眉头不由自主地抽动了两下。那是老师对所喜爱的学生，生重病极度痛心的表情吧？这给我留下了非常深刻的印象。老师当时只说了一句话："怎么会这样呢？"接着他就做我父母工作，要把我弄到峰山医院治疗。父母亲告诉朱老师，家里没钱，付不起治病费用。朱老师安慰说，先治病，钱以后再说。他说完就安排同学，七手八脚地把我弄到一张凉床上，四人一批，轮流抬着走。我家离学校有十多里路程，一路上，朱老师忙前忙后，看哪个同学快撑不住了，就上去替换他抬一会儿。歇息的时候,他就到床前,问我感觉怎样,能不能挺得住,鼓励我不要怕,坚持住,病总有办法治好的!我看见朱老师满脸是汗,满眼焦急,满身疲惫的样子,心里既感动又不安。八位同学虽然轮换抬,但因长时间吃不饱,力气弱,抬的时间长了,又累又饿,走得很慢,大半天时间才把我抬到医院。朱老师又跑里跑外,和学校联系,找医院协商。没过多久,学校校长徐海岚、教导主任时松生、班主任李文艺、数学老师李建功都来了。他们找到院长朱华锋,商量安排好住院、治疗、费用等事情后,要我安心配合医院治疗,不要想其他事情,病好之后再上学。我当时感动得泪水涟涟,说不出话来,只能使劲地点头。就这样,我在峰山公社医院住院治疗长达半年之久。当时是按骨髓炎治疗的。开始几个星期,每隔三四天就从右膝关节部位,抽出黏稠状黄水大半碗。同时,大剂量使用青霉素、链霉素和庆大霉素。两个月后,肿胀才开始消退。然后转入常规治疗。期间,老师同学常来看我,朱老师来得最多,每次都带些书、杂志给我看。当我基本痊愈,准备回家时,朱老师又为我办理好休学手续,那么多医疗费,没要我家出一分钱。当时那种感恩之情,让我一辈子铭心刻骨。

1965年中考后,我被江苏省淮阴中学录取,这是峰山中学校史上首例。当我到朱老师家去看望他时,他笑了。我又一次看到他浓厚的眉毛抽动了两下,也许是他感到所花心血没有白费,特别开心吧?

后来,朱老师调到县城工作,但和他共事过的一些同事仍在乡村学校教书。那些同事的子女考到县城读书，有的找他，想让孩子寄住在他家里，虽然他家住房并不宽裕，又有三个孩子上学，但朱老师二话没说，就答应下来。腾房间，安排吃住，辅导学习，就像对待自己的孩子一样。在乡下小学教书的陈华民老师的孩子陈雷，考上县城高中，吃住在朱老师家几年，直到考取大学。陈雷上大学后，又先后有三四位同事的孩子寄住在他家，有的几个月、有的半年、有的一年。同事戏称他家是"免费学生公寓"。他总是笑笑回一句："有孩子在家里住，能增添不少乐趣哦！"

朱明石老师是一个追求进步的人。在徐州师范学院读书期间以及参加工作后，他曾多次向党组织递交入党申请书，都因其家庭出身原因而没有获得批准。直到党的十一届三中全会召开后不久，党组织才接收他加入中国共产党。多年的苦苦追求终于得以实现，他高兴极了。当他向我们谈起入党宣誓时，我又一次看到他浓厚的眉毛抽动了两下，对党的由衷热爱，对理想信念的执着追求，兴奋之情溢于言表。

2013年12月22日，离我们到南京看望他七天之后，朱老师于下午4点20分，走完了他人生的最后旅程，心脏停止了跳动。得知朱明石老师逝世的消息，当天晚上我就赶到泗洪，帮助联系协调处理丧事。24日上午，遗体告别仪式在泗洪县殡仪馆举行。吊唁大厅里，气氛庄严肃穆，学生们送的挽联、挽幛、花圈、花篮，摆满大厅四周。遗体安放在中央，身上覆盖着中国共产党党旗。省、市、县相关领导，亲朋好友，闻讯而来的各个时期他教过的学生，有上千人。当向朱明石老师最后鞠躬告别时，许多他教过的学生放声痛哭。我再也控制不住自己，泪流满面，失声而泣。当模糊的泪眼看到朱老师平静的面容上那两道浓厚的眉毛再也不能抽动时，我的心碎了，空落落的。我的两条腿失去了知觉，机械地随着人流移动，头脑中老是出现着朱老师眉毛抽动时的面容……

遗体火化后，我和他的另外几个学生，陪着他的夫人和子女，护送骨灰到泗洪县大考山公墓安葬。让老师在天上，也能感受到人间师生之情的温暖、纯真和永恒。

时光匆匆，转眼朱老师离开我们五年了。离之越久，思之越深。老师那不留痕迹挚爱学生的无私情怀，不离不弃跟党走的执着追求，永远留驻在学生们的心间。

2018.12.28

一个钱包的旅行

　　2011年9月11日上午，我收到一件从河南洛阳火车站寄来的邮件。打开一看，我又惊又喜，竟然是我在洛阳丢失的钱包！我双手颤抖着拿起2寸见方的黑色小钱包，激动不已，思绪像打开闸门的潮水，一泻千里……

　　记得9月7日，我要到河南洛阳正骨医院为爱人买治疗衰退性椎管狭窄影响双腿难以行走病的中成药，提前在宿迁购买了晚上徐州到洛阳的火车票——从青岛到西安的K911次列车3车厢18号（上）硬卧票。

　　下午，我坐宿迁到徐州的长途汽车到火车站后，担心回来火车票座位票难买，又买了一张返程的硬座票。晚上21：05上了火车，睡在下铺的小伙子，马上起来对我说："叔叔你年龄大，上下不方便，你睡我的下铺，我到上铺睡。"我心里一热，连忙表示谢谢。小伙子说："没什么，应该的。"聊天中，我知道小伙子是河南渑池人。

　　9月8日凌晨3：40，列车乘务员叫醒换票。我赶紧起来，上厕所，刷牙，洗脸，吃自带的面包，喝点开水，收拾东西，准备下车。可车晚点了，本应4：33到洛阳的，等到5点也没有到。我心里着急，晚了到医院排队挂号就落在后面了，而且看病拿药迟了，就影响下午返程了！到了5：10，火车才缓缓进了洛阳站。出站后，我急忙朝洛阳公交车站走去。

以前我已来过几次，摸清了到洛阳正骨医院看病拿药的规律。头天晚上乘从徐州到洛阳的火车，一般早晨4：50之前到站。下车后，正好赶上开往正骨医院的首班公交车。到医院后，立即排队取号，可排在第5至第8之间。（排队迟了，取到10以后的号，当天就回不到宿迁了）等到7：30以后领取看病顺序号。然后，到享受国务院津贴的主任医师郭艳锦门诊室，把就诊号交给专门工作人员，等候看病。一般看病、开药方、拿药，要到11点左右。然后就要一刻不停地乘公交车赶往火车站。正好可以买到下午2点之前的火车票，晚上8点左右到徐州，10点前到宿迁。这期间，时间环环紧扣，一点都不允许耽误。

我知道5：30头班公交车发车，就轻车熟路地走向往正骨医院去的41路站牌，还好，头班车还没开。上了车，我才松口气。走了有两站路，我就想把就诊卡从钱包里拿出来准备好，结果，用手朝挎包里一掏，没有！

我心里一惊，赶紧里里外外把挎包翻一遍，还是没有！

这时，我身上已冒出冷汗，感到事情不妙。于是我扩大范围，把身上所有口袋都找一遍，还把另一个装食品、水杯、活动小板凳的绿布提袋都倒出来检查，也没有！

这时我确信钱包已没有了。

是丢掉了，还是被人偷了？我心里又是一紧，仔细检查分几处装在挎包和身上的钱，一分不少。我才又松了一口气，否则，不仅药买不成，连回家也没钱了呀！

冷静下来，回想从家里准备来洛阳时，就认真检查，把爱人的身份证、就诊卡、以及自己的身份证、返程火车票等都整理好装在钱包里。钱包里还有照片，水电缴费卡、单据等，并没装钱。病历和钱分别装在挎包和衣服口袋里。这时我意识到钱包丢在火车上了。

回忆下车前，我匆忙从挎包里掏东西，"嚓"的一声，觉得有东西掉了，那时天刚麻麻亮，朝地上看，有一张纸在脚前，拾起一看，是我在宿迁买药的发票，就装进挎包里。掏挎包时那"嚓"的一声，可能是钱包也一起掉下去的响声。这时，来不及多想，考虑来洛阳目的是买药，没有就诊卡挂不了号，看不上医生，也买不了药呀！补办就诊卡又要有身份证，而爱人身份证也丢了，怎么办？心里着急，到那再说吧，车到山前应有路。6点到了医院，赶紧往门诊挂号处走去。还好，挂郭艳锦主任医生号的窗口只二三人。排上了队，心里琢磨如何补办一张就诊卡，否则挂不上号呀！

7：30之后，工作人员陆续来了，我赶紧过去和办卡的姑娘商量，把我丢钱包的情况向她说了，她就问我爱人的姓名、出生年月、何时就诊、身份证号，我一一告知之后，她就在电脑里帮我查找，几分钟时间，她就查到了我爱人丢掉的就诊卡信息，包括原卡上存的钱数，并按原卡号补办了一张，保存了爱人以前看病的所有信息，叮嘱要保管好。我非常高兴，一再表示感谢，她平静地回答："不客气，应该的。"

之后，排队看病、拿药非常顺利。9：30，我拎着两大袋药乘41路公交车回到洛阳火车站，又一刻不停地到售票大厅排队买票。幸运得很，以往都只能买到无座位票（所以我带折叠小凳备用，上车后没有座位，就坐自己带的折叠小凳），这次购到一张12：07K1352次列车开往徐州的硬卧票，心里挺高兴。这时才10点多一点，离上车还有两个小时呢。

放松下来，我又想起丢失的钱包，心里感到懊恼和不快，突然一个念头在脑海里蹦出：能不能请火车站人帮我寻找一下呢？怀着一丝希望，我到售票咨询处询问，告知可进站找派出所。安检行李进站后，找到车站派出所，一位年轻的民警听了我讲述丢失钱包经过及要求寻找后，睁着惊讶的眼睛，笑着说："你想象太丰富了吧？且不说你坐的火车已开到哪里了，钱包被人偷、被人拾去都有可能，这比大海捞针还难呢，怎么可能找回来呢？"意思是我有点异想天开了。听了小伙子的话，心里很不是滋味，没精打采地踱着步，有点心灰意冷了。

但凭着执着的性格，我仍不甘心。正巧，看到一位女值班长在那边，我走去又谈了自己的想法，她很热情，告诉我可到候车大厅二楼客运值班室，找值班员帮你联系。我心里一喜，感到又有了希望，于是就跑到二楼大厅找到客运值班室。敲门后，一位30多岁的男同志（后知叫胡廷君）接待了我。我又把二寸多长一寸多宽的黑色钱包（其实是票夹）丢失情况详细讲了一遍，请他帮助联系寻找。胡同志认真听后说："好，试试看吧。"但是，他联系好一会儿都没有联系上，我也暗暗着急起来。他想了想，又打电话到远在千里的西安客运值班室，请他们帮助联系K911次列车工作人员查找钱包。对方答应后，胡同志让我耐心等待，11：40再找他，看找到没有。如找不到，那也就没有办法了。我说，好，谢谢。走出客运值班室，我坐在候车大厅的椅子上，倒了一杯水，开始吃自带的食品，心里忐忑不安，总想着找钱包的事。但我一点儿胃口也没有，干脆不吃了，收起来，在大厅里走来走去，不时看看表，恨时间走得太慢。

挨到11：35，我就径直去找客运值班室胡同志。看我到了，他停下手中的事，倒杯水，让我坐下，又帮我进行联系。几经周折，到11：50，从西安传来消息：钱包找到了！我又惊又喜，激动地拉着胡同志的手说："太感谢你了！"小胡平静地说："不客气，这是我应该做的。"这时，我的车票已要检票了，于是就请小胡同志等K911次列车到洛阳后帮我取回钱包，邮寄给我，小胡高兴地答应了。我写好住址、邮编、姓名、联系电话，交给他30元邮寄费，就赶紧检票乘车返回了。

车上，回想钱包千里丢失，千里寻找，千里寄回，心里暖暖的。河南小伙让座，医院姑娘补办就诊卡，火车站小胡帮助寻找钱包，他们都说一句同样的话："这是应该的。"这不正是当年雷锋做好事常讲的一句话吗？

　　"应该做的"，蕴含着助人为乐的道德自觉，显露出恪尽职守的敬业精神，体现了服务他人的幸福理念。如果每个人都能心甘情愿地去做"应该做的"，那么我们的国家，我们的社会还能不和谐、不富有、不文明吗？想到这里，我更加意识到，雷锋没有离去，他仍活在千千万万人的心中，活在千千万万人的工作、学习、生活中……

2012.3.5

风雨台湾

到台湾看一看,是我多年的梦想。今年终于有了机会,随检察院退下来的老同志赴台湾八日游。4月6日,我们到徐州观音机场乘直飞台湾班机,因心急,总嫌时间太长,口吟小诗,以录当时心境。

峡海隔开两岸亲,
梦牵魂绕愿方临。
欲谋君面嫌机缓,
萁豆相拥泪满襟。

中午12点40分,飞机降落桃园机场。第一次踏上台湾土地,万千滋味,涌上心头。天下着雨,办完手续,台湾导游孙鲁海小伙,带我们住宿、就餐。4月13日,乘东航班机离开台湾。去回8天时间,从西海岸由北往南,再从东海岸由南往北,走了一圈。此行中,我强烈感受到台湾和大陆有着扯不断的联系，不管经济的，文化的，还是地理的，社会的，相融相通，相补相依，不是人为能够分开的。顺应历史，顺应民心，顺应发展，这是时代潮流，任何人也阻挡不了的。

"三件宝"

4月6日下午，天阴沉沉的，飘着蒙蒙细雨。滴在嘴边的雨，轻轻抿一下，有着似有似无的咸味。祖籍山东的导游小孙，带着我们去参观台北故宫博物院。

台北故宫博物院坐落在台北市郊阳明山脚下的绿荫里。放眼望去，这是一片中国古代宫殿式建筑，在青山的拱卫下，气势恢宏。淡蓝色的琉璃瓦屋顶，覆盖着米黄色墙壁，洁白的白石栏杆环绕在青石基台之上。我们迈着沉重的步伐，一步一步向博物馆走去，想一睹离开大陆半个多世纪的珍宝的面容，追忆故宫博物院如烟的往事前尘。据工作人员介绍，藏品包括清代北京故宫、沈阳故宫和原热河行宫等处旧藏之精华，以及海内外各界人士捐赠的文物精品，共约70万件，分为书法、古画、碑帖、铜器、玉器、陶瓷、文房用具、雕漆、珐琅器、雕刻、杂项、刺绣及缂丝、图书、文献等14类。"这些藏品，都是中华五千年文明的智慧结晶啊！"我感叹道。

进入第二层展厅，第一次见到了距今2800多年前周宣王时期的"国之重器"——毛公鼎。我挤在展柜前的人丛里，仔细观看。据介绍，褐红色的青铜器有53.8厘米高，口径47.9

厘米，其鼎口呈仰天势，半球状深腹，垂地三足皆作兽蹄，口沿竖立一对壮硕的鼎耳，里面铭刻了32行497个篆书文字，记录了毛公辅佐周宣王，后来获得天子赏赐而做此鼎的史实。鼎铭字迹清晰工整，篆文字字笔力遒劲，全篇一气呵成。该铭文是一篇西周真实史料，是研究西周史最珍贵的文献，同时也是我国"造字时代"最经典的作品之一。因此，毛公鼎可称是价值无双的瑰宝重器。因刻器者为毛公而得名，于清道光末年在陕西岐山出土。这使我想起保存在北京故宫博物院的司母戊大方鼎，它是迄今为止发现的最大最重的青铜器。在中国，这两件青铜器堪称青铜器之最毫不为过。亲眼目睹"国之重器"毛公鼎，是人生一大幸事。我激动得手心都攥出汗来了。

接着到了第三层展厅。展厅很大，展品琳琅满目。这些中华五千年积淀下来的宝物，就像穿越时空隧道，曲折艰难地来到这里休息的精灵。导游带我们重点看了"肉形石"和"翠玉白菜"。肉形石乍一看，就像一块令人垂涎肥瘦相间的"东坡肉"。肉形石是一块天然形成的石头，无论谁初次看到，都会认为这是一块栩栩如生的五花肉。"肉"的肥瘦层次分明，肌理清晰，肉皮上毛孔密密麻麻，清晰可见，表皮上还泛着淡淡的光泽。大自然的杰作，真让人叹为观止。

相比自然形成的"肉形石"，"翠玉白菜"则是人间工匠的手笔了。翠玉白菜翠色淡雅，通透无瑕，高18.7厘米，宽9.1厘米，厚达到5.07厘米。远远看去，就是一棵真实的白菜。工匠利用原料上天然颜色变化，精心雕琢出一颗生动写实、十分逼真的白菜。菜叶鲜活欲滴，浓绿之间还停留了蝈蝈和蝗虫正低着头，专注地嚼着菜叶。这真是一件天人合一的精品。

之后，各自分开参观。我就到瓷器展厅、书画展厅浏览，看得眼花缭乱。这里有书画真迹近1万件，包括从唐至清历代名家的代表作。其中，王羲之《快雪时晴帖》，和珍藏在北京故宫博物院的王献之的《中秋帖》、王珣的《伯远帖》，被共同称为"三希"。黄公望的《富春山居图》后部长卷《无用师卷》与现藏于浙江省博物馆的《剩山图》，本为一体，因历史风云，相互分离，实让人慨叹。

观摩一圈后，我才明白，导游介绍了"三件"镇馆之宝，其实其他展品也异常珍贵。2万多片甲骨档案，2万多件精品瓷器，包括原始陶器到明清瓷器，2万多册善本古籍，包括中国仅有四部的《四库全书》较完整的一部，哪一件藏品都无愧于镇馆之宝啊！华夏文明，源远流长，博大精深。每一个中华儿女看了都会感到骄傲和自豪。

从展厅出来，雨仍在下着。雨点打在伞上，也打在我的心里。20世纪的云烟往事，国弱被欺被辱、文物颠沛流离的历史，中华人民共和国成立前大批文物精品运迁台湾的记忆，一幕幕涌上心头。眼前的雨水模糊了视线，我默默地走着，相信雨过了，天总会晴的。

青山依旧

从台北故宫博物院出来,我们又冒雨参观了台北士林官邸,也就是蒋介石夫妇在此居住了 26 年的地方。虽已人去楼空,但却成为游人如织的生态公园。这地方三面环山,幽静、隐秘、安全、景美。里面有喷泉、树木、曲池、拱桥、流水、住处、会客厅、礼拜堂等。别具一格的建筑,似能隐隐触摸到当年主人的情趣。

士林官邸分为山区和平地两部分,山区约 20 公顷,平地 5.2 公顷。整个园区古树参天,群花竞秀,景色清幽。外花园种植着当年主人喜爱的梅树、玫瑰、杧果、杨桃等花木,是挽手散步的好去处。内花园,假山奇石围绕水池,池旁有个一人多高的大鸟笼,当年曾饲有文鸟、小黄莺等常见鸟类。解说员说,当年蒋介石最爱临池观鱼,自称"爱养鱼胜过钓鱼"。

池子后面的两层瓦顶水泥洋房就是正馆,也就是蒋介石夫妇长期居住的地方。外墙漆成深绿色,与背后的青山绿树融为一体。这也是让游人最感神秘的地方。多年来,这里一直不允许参观,到了 2011 年元月以后才开放。我们刚好赶上机会,可以进去参观。

走进正馆大门,迎面是一尊大型龙凤根雕玄关,穿堂墙上挂 4 幅宋美龄亲笔国画(复制品),桌椅家具款式中西合璧,地铺暗红地毯。

宋美龄到台湾后，迷上中国画，拜国画大师黄君璧、张大千等为师，画兰、画竹、画山水，几达废寝忘食地步。据说，外间怀疑宋美龄之画是有人捉刀代笔，于是宋美龄选在孔子诞辰纪念日，邀请各大国画名家餐叙，餐后当场挥毫，展现画技，从此无人再持疑心。

穿堂之后是小客厅，是蒋介石夫妇与儿孙下棋，享受天伦之乐之处，也兼做电影室。餐厅有西式长桌和中式圆桌各一张。

1952年扩建的大客厅地方宽敞，布置了4个中西式会客区。墙上有西式壁炉，还有4个苏州园林风格的大圆窗，其中3个可以饱览内花园景色。以往的戒备森严，让社会大众难以想象蒋家生活，今天庐山真面目揭开，原来士林官邸里，也有与市井小民一样的家庭和乐、温馨一面。

1975年4月5日，蒋介石辞世，永远告别士林官邸。同年9月，宋美龄赴美国纽约，过起幽居静养的生活。官邸人去楼空，不复当年风光。

导游介绍，士林官邸还藏有秘密。下面有秘道，与台军指挥所的秘道相连，并且通向直升机停机坪。外花园还能看到花草覆盖下的碉堡，不仔细看，完全是个花坛模样。如今，碉堡也好，秘道也罢，其原有功能都已走进历史。士林官邸，已经由戒备森严的禁区，变为市民和游客休闲踏青与寻访历史之所。

参观时，天空满是阴云，雨细细地飘着，让人产生莫名的感慨。出来时，风声、雨声、虫鸟声、山涛声，声声不断，回望士林正馆，时间的风雨正褪去它神秘的色彩，青山依旧，浪花淘尽，江海奔流，势不可遏。

青山掩映小楼台，
神秘清幽引客来。
一睹尘封真面目，
虫鸣老屋鸟徘徊。

"女王头"

4月7日，从新北市出发，向东北方向行走，10点多钟，到了万里乡野柳地质公园。野柳地处台湾东北部伸向海中的岬角，天晴时，隐约可望见钓鱼岛。到这儿，才感到海的广阔，无际。海水碧蓝，海浪堆雪，海风猎猎，人的心胸跟着也陡然宽广起来，心绪也跟着起伏激荡，融进了水天一色的海洋。随导游向海边走去，那被海水海浪千万年来侵蚀形成的堆积岩，千姿百态，形状各异，规模宏大，自然天成。令人震撼，让人目不暇接，惊异于大自然的鬼斧神工。

野柳最让游人感兴趣的就是一个"野"字。

站在海边，海风呼啸，劲大，势猛，像野兽一样向你扑来，撕咬你的衣服、脸庞、手脚，乱抓你的头发，让你感到脸和身上隐隐疼痛。海风还迂回旋转着向你进攻，让你站立不稳，像醉酒一样。

海浪裹着海风，像千万野狼，嚎叫着、奔跑着，不顾一切地冲向岸边，啃噬着岩石、崖岸，排山倒海，威势强大，经久不歇。

千百万年来，特殊的海风海浪侵蚀，风化，交互作用，逐渐形成蕈状石、烛台石、姜石、壶穴、棋盘石、海蚀洞等地质形态。正因为地理位置特殊，才逐渐形成规模庞大、奇石遍布、造型各异、野趣横生的世界罕见的地质奇观。

随着导游向海边走去，海滩上奇岩怪石密布，种类繁多，各尽其妙，但都充满野性之美。海龟石、卧牛石、象鼻石、骆驼石、野狗石、龙头石，等等，数量多，个头大，形态粗犷，让人震撼和敬畏。由蕈状石形成的野蘑菇阵石，一大片一大片的，那阵势，那气魄，如见到了西安兵马俑，再配上仙女鞋、梅花石等等，给人一种浑放粗犷感觉。

最为人们称道和熟悉的是突起于斜缓石坡上高达2米的"女王头"。从远处看，她髻发高耸，颈部修长，微微仰首，目光远视。细雨润湿了她的头发、脸部，似眼中含着不屈的泪珠，是期盼，是等待，是欲望？不得而知。到近处看，面部轮廓端庄优雅，线条优美，神态像极昂首静坐尊贵的女王。但眼神似乎透露出一股野性的光，雍容的形态里隐藏着惊涛骇浪。传递给游人的是深深的回味，这尊女王头石，已成为野柳地质公园的象征。

日月潭

4月8日，早饭后从台中前往久已想去的日月潭。导游介绍，日月潭位于阿里山以北、能高山之南的南投县鱼池乡水社村。它由玉山和阿里山的断裂盆地积水而成。日月潭是台湾的"天池"，湖面海拔726.8米。环潭周长35公里，平均水深30米，水域面积达900多公顷，比杭州西湖大三分之一左右。日月潭中有一小岛，远望好像浮在水面上的一颗珠子，名"珠子屿"。抗战胜利后，为庆祝台湾光复，当地把它改名为"光华岛"。岛的东北面湖水形如圆日，称日潭，西南面湖水形如弯月，称月潭，统称日月潭。

到了日月潭，放眼望去，环湖皆山也，重峦叠嶂，郁郁苍苍。也许是气候湿润的原因吧，环抱的群山，犹如水洗过一样，苍翠欲滴。山峦间，似有霓裳薄纱飘动，给人一种神秘莫测的感觉。近看，湖面辽阔，水平如镜，潭水湛蓝；湖中有岛，水中有山，波光岚影，游人的心灵似也被冲洗得干净了。

正当我们陶醉于"青山拥碧水，明潭抱绿珠"的美丽景色时，导游催大家赶紧上船。游艇开动时，划破了碧绿色玻璃镜面，令人顿有凭虚凌空、飞入仙境之感。不一会儿，游艇停泊在光华岛边。大家登岛游览。岛很小，站在上面观望，周围群山叠嶂，山中红墙瓦舍，隐约可见。湖中，倒映的山影、蓝天，形状各异，层次分明。湖水轻轻晃动，峦峰、蓝天也随着晃动，整个小岛像小船一样也晃动起来，的确有"一屿孤浮四面空"的恍惚感。

我们离岛乘船继续游览时，导游又给我们讲了日月潭的美丽传说。从前，有两个青年，一个是勇敢的大尖哥，另一个是美丽的水社姐。他们俩常常在潭边的一棵大树下约会。传说，潭里有两条恶龙。有一天正午，太阳高照，公龙飞起来把太阳给吞噬了。晚上，月亮走过来，母龙照着公龙的样子，也把月亮给吞了。两只龙在水下一吞一吐、一碰一撞，嬉戏打闹。天从此黑了下来，没有了光亮。附近的村民把这件事告诉了大尖和水社，于是，他们俩发誓一定把太阳和月亮夺回来。一天，两人在恶龙住的岩石屋外听到，它们最怕埋在附近石碑下的金剪刀和金斧头。于是他们历尽千辛万苦，终于找到了石碑，挖出了金剪刀和金斧头。大尖哥用斧头把两条恶龙都砍死了，水社姐也把恶龙肚子剖开，取出了月亮和太阳。于是，两人又把月亮、太阳顶上了天。这下，人世间又恢复了生机，而这两个人却变成了两座雄伟的大山。

故事刚讲完，天空忽然下起雨来了。原本平静的湖面，被雨点打成千万个小水窝，在不停地跳动，似有大量鱼群经过一样。眺望四周，空蒙蒙的，水天一色，山影朦胧，峰峦雾绕，犹如置身水墨画中，让人感到清雅、空旷、神秘。

不一会儿，游船靠上了玄光寺码头。上岸后，大家冒雨游览玄光寺。沿着石阶上行，雨湿路滑，阶陡难爬，花了好长时间，费了好大劲，才到寺前，已累得气喘吁吁，汗水与雨水混流了。玄光寺供奉唐代高僧玄奘法师，寺中悬有"民族法师"匾额一方。寺中三楼有一小塔，据说供奉着玄奘法师的头顶灵骨。寺后的青龙山巅，有一座九层"慈恩塔"。塔仿辽宋古塔式样，为八角宝塔，每层檐尾垂挂小钟，迎风叮当作响，似与山西大同辽代十三层木塔上的风铃相和鸣。登塔远瞰，日月潭风光，尽收眼底。日月潭如碧玉盘托着光华岛这颗绿珠，雨洗后更加翠绿欲滴，清新可爱，有清人曾作霖描述的"山中有水水中山，山自凌空水自闲"的感觉。

视线再往上看，群山峻岭间，隐约点缀着许多亭台楼阁和寺庙古塔，显得神秘而幽静。有人说，在天高云淡时，在塔顶可望见西子湖畔六和塔的塔尖。虽近似神话，却反映了人们对祖国大陆的思念和向往。

下山途中，我们又去了邵人居民聚落。他们人口较少，仅有几百户的人家，但是汉化程度很深。据说，他们的祖先是春秋战国时期越人的后裔。看来古代越国之都绍兴府或许与邵人有着什么我们至今尚未知晓的关联。以往蒋介石夫妇每年都要到日月潭小住一段时日，他们很喜欢这儿的气候环境。传说，宋美龄的皮肤病和哮喘就是被这儿邵人酋长用祖传秘方治好的。

当我们要离开日月潭时，雨已经停了。云缝间透出的阳光，撒在千峰万岭、翠绿森林上，使得薄雾笼罩的群山间色彩迷离。澄碧的湖水又恢复了平静，闪耀着宝蓝色的光亮，就像纯洁的婴儿甜蜜地偎依在母亲怀中酣睡了。这美丽动人的景象让人陶醉、遐想……

珠联成串

离开日月潭，驱车到南投县埔里有名的中台禅寺。寺院巍峨宏大，建筑风格中西结合，现代和古代结合，给人以全新的感受。寺院设计、装饰、佛像雕琢、材料选用、细部处理，无不精心、精细、精美，让人惊叹不已。尤其值得一提的，关云长作为释迦牟尼的护法神，其塑像是用印度红花岗岩雕成，放在大雄宝殿右侧珈蓝院，足见中华文化对台湾的深远影响。

晚上，住宿鹿谷乡溪头森林公园孟宗山庄。这儿山上有台湾大学森林实验基地，周围林木森森，清静幽雅，只闻山里传来的鸟叫声。望窗外青山夜色，听山涧溪水淙淙，闻山庄内茶花香味阵阵，不知不觉醉入梦乡。

4月9日，早晨7点多爬山，路被雨水淋湿，润滑难行，但大家兴致不减，奋力前行。遍山原始林木，高数丈、数十丈的柳杉、桧木众多。尤其是竹林，一大片一大片的。有一种方竹，看上去是圆的，用手一摸，却是方的。还有一种孟宗竹，粗壮高大。在山坡边，有一簇七八株，长得比五层楼还高，山风吹来，竹叶沙沙作响，方信"百尺竿头"不是虚名。孟宗竹还是因二十四孝图中孟宗哭竹故事而得名的。这种竹冬季长笋，埋在土里，很难发现，台湾人采它，自有一套独特的窍门。两个钟头登山，感受到了原始山林的古朴、幽深、清静，生态保护意识深入人心。山间人工修路时砍下的树，一截一截摆放在路旁，也没有损毁和糟蹋林木的现象。

上午，走高速南行，原计划到阿里山的，因连续阴雨，路道受损不能前往，只得作罢，留下念想。于是，我们就到乌龙茶研究基地品茶，午饭后又到了台湾南部最大城市高雄。

风雨中，我们参观了邓丽君故居，又沿着爱河浏览了西子湾深水码头，观看了打狗领事馆。邓丽君那哀婉忧伤的声音，深水码头上外国舰船尖利的汽笛声，打狗领事馆地下监狱囚犯的呻吟声，似乎都在耳边响起，敲打在心中，然后又飘散在风雨里。

晚上随导游到六合街小吃，木瓜奶茶、碳烤胡椒饼、棺材板等，别有风味，心里还不时泛起白天参观时的那一番滋味。

"怒发冲冠"

4月10日，从高雄乘车沿西海岸走几个小时，就到了台湾最南部的猫鼻头了。那儿是一派热带风光。槟榔、椰林、棕榈、莲雾、杧果、木瓜等热带植物，遍地皆是。我们也把棉衣换成单衣。

猫鼻头是台湾海峡和巴士海峡的分界点。它三面环海，东邻太平洋、西邻台湾海峡、南濒巴士海峡，是台湾岛唯一的热带区域。猫鼻头半岛地势西高而东低，受海蚀、盐渍及风化影响特别强烈。和野柳堆积岩不同，这儿以隆起的珊瑚礁海岸为主，有海蚀沟、海蚀壶穴、海蚀礁柱等造就当地鬼斧神工的自然地形。

　　站在猫鼻头海岸，第一次感受到热带海洋性气候的滋味。太阳光从头顶上直射下来，周围润湿燥热，衣服全湿透了，就如身处蒸笼里一样；呼吸全是热风，让人害怕畅快喘气；待一会儿就口干舌燥，不得不到遍地搭着五颜六色凉棚卖水果的地方凉一凉。买个椰子，用吸管吸起新鲜的椰汁，舒服极了！我注意到，各个凉棚四角都被海风吹得向上翘起，就像倒撑着的雨伞。每个人的头发也被吹得散乱地竖立起来，真像是"怒发冲冠"的样子。究其原因，体会一下被海风吹的感觉就明白了。原来这儿三面环海，海风从不同方向吹来，相互作用，自然就把头发吹成"怒发"了。

　　我们跟着导游登上眺望台。那是一块突出于海边的高高悬崖，视野辽阔。放眼东望，可见到鹅銮鼻灯塔。南面海岸线宽阔，看上去就似姑娘的百褶裙，在阳光的映照下，散发出点点金光，再加上湛蓝色大海的衬托，显得更加美丽、壮观、迷人。海风吹来，撩开百褶裙，就像姑娘舞动裙衣走来，不愧有人称之为裙礁海岸。再向下望去，有块凸出的珊瑚礁岩，其外型状若蹲仆之猫，伏在蔚蓝色的海水中，那就是当地著名的"猫鼻头"了。

　　下了眺望台向海边走去，就到了猫鼻头岩旁边。近距离观看，前面海水中，一块不大的珊瑚礁岩，状如一只战战兢兢逃窜的小老鼠，大猫正蹲伏着，欲扑上去，看了让人忍俊不住想发笑。

岸边则是一堆堆崩落的珊瑚礁岩，一阵阵海风猛烈地吹来，海浪也变得"怒发冲冠"起来，拍打着海岸掀起层层的浪花。

观赏着热带海岸风光，凝望着大洋深处，似乎那只猫仙在沙滩崖畔奔走觅食后，正蹲在那里，静静等待月圆之时的到来……

穿行太鲁阁

4月11日，我们从西海岸向东行走，再由东海岸往北，就是更加广袤，无际，深远的太平洋了。坐在车里，领略着太平洋给我们的视觉、心灵、感官上的冲击，真切体会到胸襟开阔的意境了。一路上，观看了石梯坪景点，体验了东沟县"水往上流"视觉差形成的奇观，还欣赏了花莲境内北回归线标志碑。每年夏至正午，就可见到"立竿无影"的真实地理现象。

接着，我们冒雨进入了太鲁阁风景区。从车窗看，群山连绵，山势高峻，峡谷深涧，蔚为壮观。向远处望，云雾和群山相连，层层叠叠，虚虚实实，呈波浪式推进，气势恢宏。车行走在悬崖边，盘旋于深山中，绕行于陡涧旁，穿行于隧道里，九曲回肠，一路惊险，步步惊心。

到了太鲁阁大峡谷后，我们冒着大雨下车。周围群山峻岭，高入云霄，谷深莫测，溪流蜿蜒，飞瀑似帘，景色奇绝。走在峡谷边湿滑的小路上，胆颤心惊，踟蹰慢行。向上看，一边是高入云端的绝岩峭壁，而另一边的山壁则成为深入水中的崖面石墙，这高低落差上千米的大断崖，架构出气势磅礴、雄伟壮观的浩瀚无垠的景象。抬头仰望灰蒙蒙的天，只见天空，因两边山势实在太过高耸，只剩下一道细细的岩缝透出些许光亮。置身其中，才体会到自己的渺小。往下俯视，断崖深谷，临空飞瀑，溪流湍急，雨声、风声、涧溪声、瀑布声在耳边轰鸣，訇訇之声在山谷回荡。真称得上是名副其实的"鲁阁幽峡"。

再往深处穿行，踏过一座大理石天桥，前方地势愈高，崖峡愈险愈奇。几近垂直的大理岩峡谷，两边的峭壁，高接天际，望不到尽头。白色的大理石，如瀑布从云端挂下；赭红色的大理石，像无尽长绢起伏展开，蔚为壮观，震撼人心。

接着，导游带我们去长春祠。经过红色的铁桥长春桥后，只见一道飞瀑在长春祠前分流，人立雾溪，再加上古典的祠堂建筑，一幅山水画便活生生地呈现在眼前。位于青山绿水间的长春祠，摆放着因修建中横公路时殉职的200多人的灵位。雨越下越大，岩峰对峙，群山拜伏，猿猴哀鸣，似都在为殉职的人们默哀。祠后有380多个台阶蜿蜒向上，俗称为天梯。走到石梯尽头就是观音洞，洞内有观音石像，似在默默护佑着死难者的亡灵吧。

从长春祠下来，雨仍不停地下着。远远望去，长春祠的山松和太鲁阁的山松遥相呼应，植根于同一山脉中。瀑布、涧水、溪流、雨水汇聚，蜿蜒曲折，越险穿阻，东流归海。这是任何力量所无法改变的。

  之后，我们转乘火车从花莲到宜莲礁溪住宿，泡了温泉，缓解一天的紧张和疲劳。

  4月12日，我们又回到台北。天下着大雨，导游带我们参观101大楼，那是台湾最高的建筑。因下雨，室外观光层关闭，我们只好到89层室内观光层观看。站在窗前向外望去，烟雨茫茫，雨幕下，整个台北只是白絮一片。风雨摔打着，发出可怕的吼声，大家感觉整座楼都在摇晃着，很是让人担心。因为什么也看不清，很快大家就结束了参观。然后，导游领我们瞻仰了孙中山先生纪念馆。

  4月13日上午，我们前往桃园机场办理登机手续。下午，离开台湾时，又下起了雨。到台湾8天，大多与雨为伴，与风同行。我们看到了风雨中台湾特有的景色，也感受到了台湾景色中孕育的风雨。当我们在飞机上看着台湾逐渐模糊远去时，突然觉得台湾岛就像一艘小船，在风雨中向我们驶来……

2013年4月初稿、9月18日修改完

大湖湿地行

"大湖湿地,水韵泗洪",这一浸透着诗意的品牌语散发着诱人的魔力。作为老家在泗洪的我,居然没有"近水楼台先得月",心中常忐忑不安。2014年重阳节前,我有幸随团去泗洪洪泽湖湿地,真的很激动。三十年前我在泗洪工作时,那儿是湖边荒滩,夏天雨季,淮水上涨,洪泽湖暴怒,横冲直撞,荒滩就变成了汪洋。年年如此,哪来什么湿地美景呢?

那天,天阴阴的,雨细细的,风凉凉的,车到泗洪县城,县领导上车陪着大家,当起了讲解员。那如数家珍的介绍,满脸自豪的描述,让大家心里暖暖的。这勾起了我急于到湿地去识"庐山真面目"的欲望。可县领导却带着大家到去湿地路旁的石集乡,看农民集中居住区。这个乡90%的村民都已迁到乡政府所在地集中居住、生活。那一排排整齐的居住小区,各种生活设施配套齐全,各项服务功能如学校、医院、幼儿园、商店等应有尽有,各类组织机构建立健全,农民真像城里人一样地生活、学习、工作。全乡只保留瓦房、柳山两个有特色的村，也是集中居住。土地连片集中规模种植，村民主要靠承包地出租、务工、经商取得收入。这在城乡一体化的大潮中，也是一种尝试和探索，大家看了也觉得耳目一新。

离开石集，车沿着宽阔的湿地大道向目的地行走。平坦柔软的路面，吸吮着绵绵细雨，车像在滑、在飘、在飞。感觉特爽。在我的印象中，以前这条路是全县最糟糕的，又窄又险又堵，蛇形弯曲，路面先是扬尘土路，后铺上鹅卵石，坑洼颠簸，走一趟，满身灰头土脸，浑身像散了架一样。不是情非得已，谁也不愿意去。现在真的不一样了，一条路，打开了通向外部世界的大门；一条路，架起了涌向湿地人群的智慧之桥。路左边是隋朝时开挖的自河南开封到泗州入淮的千里通济渠仅存的一段古汴河遗迹。这里水清流缓，堤岸垂柳，稻谷飘香，袅袅炊烟笼罩在薄薄的细雨中，如带，如练，如画，让你如痴，如醉，如幻。转过头来，路右边是传说中曾为古徐国都城的城头乡。打开车窗，一股带着清新水味的空气沁入心脾。此刻，你闭上双眼，屏住呼吸，那带着水味气流在体内轻轻流淌，抚摸着五脏六腑，使你进入一种睡眠状态，浑身特别舒畅。慢慢睁开眼向远望去，林木森森，透过缝隙，更远处白雾茫茫，那大概就是洪泽湖水面了。在泗洪工作时到过城头，那里三面环水，南临洪泽湖，境内滩涂面积有五万亩以上，林木面积有三万亩左右，是鸟类栖息、繁衍、迁徙的天然王国。美国、加拿大等好多国家的鸟类专家考察团都到那儿考察过。

看着想着聊着，不经意间，车已到了湿地公园外。正准备下车，县里领导说，先到旁边看一下湿地温泉吧。几分钟后，车进入了一望无际的杉树林中，左弯右绕，旋转向前，不一会就到"新丝路"温泉度假村。接待中心负责人介绍，这个项目是新疆油田一位有经验的人士到这儿搞起来的，所以用"新丝路"命名。接着带我们参观室内设施和一个个露天温泉。在这数丈高的万亩杉树林中，万籁俱寂，偶尔从远处传来空远的鸟叫声。林中小路被陈年落叶铺垫着，走在上面松软而富有弹性。空气中弥漫着杉树叶特有的清香。一个个露天搭建的小木屋里，温泉池在院内露天地，用手一摸，水热热的，滑滑的，若把忙碌疲惫的身躯放到温泉里泡一泡，那可真是一种放松、减压、静心的享受啊！

几番周折后，我们终于进入了洪泽湖湿地公园。下车后，映入眼帘的是2006年2月11日国务院批准的"国家级自然保护区"。有文字说明，面积35万亩，核心区15万亩，浮游植物165种，浮游动物91种，鱼类67种，鸟类94种，最多时各种鸟达30万只，是江苏最大的淡水湿地自然保护区，在全国排名第11位。而湿地公园，只占核心区的五分之一。接着，园区导游领着我们乘坐电瓶小火车，沿着观光大道，直接去游船码头换乘电瓶游船，向一望无际的芦荡深处驶去。湖水深蓝，秋风瑟瑟，秋雨飘洒，水道两边，芦苇茂密，芦花欲放，芦叶飒飒，似有千军万马隐藏其中。水道四通八达，千回百转，密如蛛网。船在里面行走，就如进入迷宫，岔道迭出，眼看走到尽头，忽而几条水路又呈现面前，让人不知所措。难怪当年日本侵略军眼睁睁看着新四军、游击队进入芦苇荡，就是不敢进去。当年彭雪枫将军率领四师将士在这一带建立根据地，驻扎师部，创办学校，培养干部，一个重要原因就是利用洪泽湖一带地理优势，进退自如，方能东扩西进，纵横捭阖，打得敌军闻风丧胆。

芦荡的神秘不仅是有八卦迷宫一样的水路，还有遮天盖水的无尽深绿的苇叶。灰云密布的天空，秋风轻摇着，那波推浪涌、根基很深的绿，起起伏伏，在拼命掩盖着里面的秘密；那沙沙作响的绿，如千万人在窃窃私语，时大时小，时强时弱，时狂放时隐秘，愈发勾起人的好奇心理和穿越时空的遐想。不是吗？五万年前的"下草湾人"就曾在这一带繁衍生息，谁能说这里没有他们打猎觅食的足迹？三千多年前，以泗洪为中心的古徐国，绵延千年，好施仁政的偃王，谁敢断言他没有在这里下水捉鱼，不忍食又养起来？谁又能探清三百多年前（清康熙十九年）泗州城沉入湖底的诸多遗迹和谜团？那些丰厚的历史文化积淀，似隐似现地躲藏在广袤的芦荡深处，似有似无地从水下、从地下露出蛛丝马迹，不仅吸引了游人前来身临其境体验，也招来了国内和国外好多专家学者纷至沓来寻宝。随着时间的推移，那些深藏的秘密也会被人们一点一点地解开吧？

正当我沉浸在对海一样芦荡深处断想之际，游船忽然已靠到岸边，我也像从梦中回到了现实。于是我们继续乘坐电瓶小火车，经水车体验区、水上森林、麋鹿园、玫瑰园、桃园，到洪泽湖鱼类展示馆参观，这里有各种各样的鱼类标本，让人叹为观止。旁边紧接着的鱼趣园里，品种不同的鱼儿千姿百态，在水里游来荡去，当你想走近看时，它们就会害羞似的迅速钻入水深处。也有些鱼儿胆子大，恐怕是接待客人多的缘故吧，见我们走近，也不逃走，眼睛骨碌碌望着，嘴巴一张一合，意在和我们说话呢！当我们用手伸向水里向鱼靠近时，那些家伙又不慌不忙地向后倒退游着，眼睛仍然看着我们，像很懂礼貌似的，有趣极了！难怪取名叫鱼趣园。

中午，我们在湿地餐厅用餐，湖水煮湖鱼，味醇味美，给人以特别的享受，特别的印象。饭后，登上三楼，极目远眺，浩渺大湖里，灰蒙天宇下，野荷浓绿，遮天盖地，无有尽头。秋风吹过，万顷荷叶和湖水一起晃动，连我们所站的楼房也跟着摇动起来，那气势，那景象，令人震撼，令人激奋，令人胸宽怀阔。落霞孤鹜，秋水长天，此时，都是静态的小景象了。

下午，去了千荷园，那里有全国各地培育出来的1008种荷花。我们只能看到不同品种荷的身姿和挂着"王莲""红玉""艳阳"等名贵品种的牌子，看不到竞相争艳、赏心悦目的荷花，心中不免冒出丝丝憾意。紧接着，我们到了万亩荷塘，10万株荷花，原生态为主，有少量人工补植的。8条共8.8公里长的荷花观光带，圩路埂都是人工修出来的。但是，和外湖无边无际的野荷相比，则少了动感，少了粗犷，少了荷、水、天浑然一体的感觉，但也呈现出秋荷、秋水、秋云的宏大静态美。瞧着绵延伸展的老绿荷叶，已现渐行枯萎状态。我蹲下身，用手去摸那残梗衰叶，不由心里有些沉重，情绪也低落下来，忽而见远处有人从荷下拔出又长又白的泥藕，长空中群雁鸣叫而过，顿时精神为之一振，不由吟出：

体弱身衰负重难，凉风冷雨任摧残。
绿裙粉面风骚逝，仍献清白惠人间。

大自然赋予人类的恩赐就是这样，枯荣转换，此消彼长，一切都还存在着，只是用另一种形式出现罢了。眼前铺展壮阔的秋荷，高远空寂的苍穹，猎猎秋风中飘送着自然的香气，虽无春夏荷的生机，却有更加深沉、练达、成熟的风韵。

接着参观了湿地博物馆，去了鸟类观赏区，白天鹅、黑天鹅、丹顶鹤、白鹭等平时难得见到的鸟类。有幸近距离和珍贵的鸟儿们亲昵、嬉戏，也是一种人与自然和谐共处的境界吧。接着，小火车领着我们在运动中观赏景点。芍药园、梅园、牡丹园，都藏起了它们娇美的容颜，只把身姿和倩影让我们瞥见，吸引我们到适当季节再来。垂钓中心、生态养殖观光区，那一眼望不到边际的养殖水面，纵横交错的塘埂堤坝，杂草丛生的网状小路，原始、空旷、寂静，偶尔有野鸭掠过水面，成群的鸟阵从远处飞来，见不到庐舍炊烟，听不见鸡鸣犬吠。我好奇地和导游闲聊，"这么大的地方，怎么没有居住的农户渔民呢？"他笑着说："以前有的，但为了保护湿地生态环境，就动员他们陆续搬迁了。农民退耕还湖，渔民撤掉数万亩围网养殖，净化了水质、空气，你们乘坐的电瓶小火车、电瓶游船也都是环保无污染的呀!"我又担心地问:"从前只要淮河一发威,这儿就要变成湖面了呀?"导游神秘地告诉我,近些年,国家非常重视大江大河治理,淮河不仅从上游治淤治污,还开挖了入海水道,使淮水原先拐弯抹角盘旋绕流入海,现在可以直泻入海,淮水再也不会发疯吞没湿地了。这时,我忽然明白,来时县领导带我们看石集乡村民集中居住区是别有深意的。

最后我们到了水生植物园,工作人员自豪地说,湿地里有高等植物 80 多种呢!放眼望去,只见深浅淡嫩各种不同绿色的水生植物占据着各自领地,共享着浅水湿地的灵气,生机勃勃地显示出水生植物的优势和多样性,使我们疲倦的眼睛得到了滋养,躁动的心境得到了滋润,懊丧的情绪得到了消解。浓淡相宜的绿色,穿透灰暗的阴云,呈现出明丽欢快和阳光,让人心灵的山谷流淌出美好的情愫。

马上就要离开了,我拿着湿地公园的门票,看着上面线路图,竟然是一条在蓝色湖水里游动的鱼儿。恍惚间,我觉得它们是古徐国君偃王放生的鱼儿,历经沧海桑田,潮起潮落,战火硝烟,涅槃新生,才演化出如此的鲜活和灵动。再细看,它又像一条乾坤袋,吸纳进污流浊水、咆哮的洪水和烫人的空气,呼吐出纯净甘甜的清泉,让那些娇惯的水生动物自由快乐生长,消减那暴风骤雨带来的威胁,调控着宜人的温差和洁净的空气。我深深地吸了口凉润的带着湖水味的空气,带着对大湖湿地的依恋,缓缓登上返回的路。

2014.11.21

红山之子

从以酒闻名国内外的江苏省泗洪县双沟镇向西,沿着淮河支流窑河北岸走十几里路,就到了苏皖交界的峰山乡境内的大小红山了。

大小红山,其实并不大,方圆十几里;也不高,海拔只有六十多米;更没有什么名气,一般人很少知道它的存在。只有当地老百姓中,祖祖辈辈流传着,大小红山是当年刘伯温赶山太急,一神鞭炸成两截的。最热闹时期是全民大炼钢铁时,数十万人安营扎寨,漫山遍野人山人海,红旗招展,开挖铁矿石。后来因山上都是鸡窝矿,没有开采价值而偃旗息鼓。从此,山

就带着满身累累伤痕，寂静下来了。可近年来，大红山逐渐为人们所熟悉。因为，山上长满了碧根果树，结出了果实，成了江苏最大的连片碧根果种植基地。省市县和外地来参观考察的人络绎不绝。连外国的一些专家学者也到大红山考察来了。

"山不在高，有仙则名。"这个种碧根果树的人叫张勇，现任泗洪科晖现代农业发展生态园董事长，也是峰山乡乡贤参事会副会长。关于他，有许多传奇故事。

一

他有着山一样的胆魄，敢于弄潮，勇于走自己的路。世纪之交，发展的浪潮，改革的浪潮，市场经济的浪潮，冲刷改变着人们的思维观念，也颠覆着人们的行为方式。担任国有企业泗洪县医药公司副经理的张勇，有了强烈的危机感和冲动。他眼见改革层层推进，感到铁饭碗不牢了；看到千万创业大军，熙熙攘攘，奋斗在城乡大地上，感到坐不住了；想到自己在农村长大，现在离开土地，就像希腊神话中安泰俄斯一样，浑身无力，感到人被悬空了。2000年，年近40的他经过较长时间思考，看到农村劳动力纷纷到城市打工，农村土地抛荒，觉得这是机遇，也是责任。他认为，自己又是学中药的，只有在农村才有用武之地。于是他做出一个石破天惊的决定：辞职回农村创业！家人不知道，单位职工不理解，亲朋好友不支持。各种责难、非议、劝说，铺天盖地。可他，吃了秤砣铁了心，义无反顾，认为农村才是他施展抱负的地方，也是最需要他的地方。

　　张勇回到农村，凭着一腔热血，开始漫长的艰辛创业之路。他先后承包过土地种植粮食作物，尝试搞蔬菜大棚，到他乡种植中药材，也搞过水产养殖，可事不遂人愿，几年下来，种什么亏什么，养什么赔什么，栽什么贴什么，厄运如影随形，挫折接连不断。跌个跟头抓把泥，一道道弯路，一次次失利，迫使他不得不思考今后的路如何走，什么项目才是自己要搞的。2005年10月，一次偶然的机会，他在县林业站发现一棵特别的果树，树上面结了很多细长椭圆的果实，这给他留下了深刻的印象。直到一次他在南京食品专柜发现它原来叫碧根果，是一种进口的高档坚果，营养丰富，国内鲜有，且价格不菲，心中莫名激动。"众里寻他千百度，蓦然回首，那人却在，灯火阑珊处。"张勇觉得自己苦苦追求的可能就是它了。于是他千方百计，托关系找到了中科院吴文龙教授当面请教。吴教授告诉他，中科院从1950年代起就开始种植试验，但由于国内生活水平低，没有什么市场，国内目前没有人大面积种植，但是在国外很受欢迎。因此，张勇更加确定这就是自己要种的树，要选的项目，当即就恳请吴教授帮他寻找种苗。从此，张勇和碧根果就结下了难解之缘。

二

　　他有着山一样的性格，坚毅执着，直面人生。

选定了种植碧根果这棵希望之树，让它在什么地方落户呢？以往的惨痛教训，历历在目。张勇更加谨慎，不敢有半点大意。他多点多方位实地进行考察，广泛征求不同层次、不同类型人士的意见，最后作出一个出人意料的决定：在全省最贫困地区的泗洪县西南岗峰山乡大红山上种植碧根果。

为什么选中这个地方呢？很多人担心不理解，张勇却有他自己的认识、判断和见解。在大红山上，栽种过的并被寄予致富厚望的作物不少。这座山面积有数千亩，从20世纪70年代开始，这里陆续种过茶树、桃树、葡萄、山楂、桑树，可是，无一不因种植管理不善或者市场行情起伏而前功尽弃。最近的一次，满山桑树长到比人高，可是蚕茧没人收，700多亩桑树就被村民在一个星期里刨得一棵不剩。大红山至今仍是一座荒山、伤心山，无人问津。在这座山上种碧根果，既避免与民争利，又可以减少不必要的纠纷和麻烦。张勇找过科研机构、专家咨询、论证、测试过，西南岗丘陵地区，包括大红山，气候土壤条件，适宜种植碧根果树。他也做了市场调查，碧根果是外来品种，就是美国的薄壳山核桃，属世界十大坚果之一。在国内，近些年来经济发展快，群众生活水平普遍提高，对生活质量的要求也越来越高，碧根果以其丰富的营养价值，很好的保健功能，逐渐受到消费者青睐。这使张勇感到心里有了底气。

峰山乡是全省重点扶持的贫困乡镇之一。当地党委政府和老百姓对脱贫致富有着强烈的愿望。乡党委书记曾亲自到碧根果主产区云南山区考察，也认为种植碧根果是脱贫致富的好项目。市场有需求，果实保存时间长，风险相对较小。党委政府反复研究，决定引导村民种植碧根果，号召村党支部书记带头种。这和张勇的想法非常契合。多年的创业坎坷，前行路上的风风雨雨，张勇深知，单枪匹马创业，没有当地党委政府的大力支持和帮助，没有当地群众的认同和参与，想成功是很困难的，想做大做强长远发展更是不可能的。这就是张勇选择大红山的原因所在。

2006年，张勇创建的泗洪县科晖现代农业生态有限公司和峰山乡政府正式签订合同，取得承包大红山30年的经营权。从此，他就和荒山相依相伴，不离不弃，硬是在没有路的山上，踩出一条路来。

踩出的这条路是漫长、艰辛和充满荆棘的。

开始，他倾尽家中所有，向银行贷款10万元，怀揣着梦想，肩挑着希望，扎根荒山，走上了种植碧根果的路。然而，创业的路并不是一帆风顺的。碧根果树的种植，并不是想象那样简单。虽然碧根果树效益好，但树难栽。他后来了解到，江苏在20世纪50年代和70年代曾先后两次引进种植，可惜都失败了。这消息让他感到一种前所未有的挑战，前所未有的压力。但开弓没有回头箭，别人没干成的，我要总结经验，吸取教训，闯出一条新路。张勇暗暗告诫自己，也是在激励自己。

栽碧根果树苗，首先要有水。然而，山上没有水。怎么办？站在山顶上，张勇远望着东流而去的窑河水，见而不能用，心中无比惆怅。他踏着乱石，踩着荒草，顶着风沙，艰难地去寻找水源。脚磨破了，鞋磨破了，衣服划破了，几天后，终于在大小红山之间，找到了一条人工开挖的引水上岗的渠道——红山河。可这儿离他栽的树苗也有几里路远呢！但这是唯一的能利用的水源，别无选择。而要把红山河水引到树苗地里，又要做很大的工程，这需要一笔可观的资金。没有办法，只能穷办苦干。他花很少的钱，买来简易的抽水设施、塑料管道，逶迤起伏地一节一节往前铺，一个沟坎一个沟坎地垫上土石穿过去，一点一点往前延伸，像蚂蚁搬家一样，不停顿地向前移动。下雨天，山风呼啸，衣服湿透了，冷得浑身直打哆嗦；鞋被泥吸扯掉了，每走一步，脚踩在碎石上钻心疼；管道被泥水湿后又重又滑，拖不动，就用脚蹬着大石块或树根，一点一点向前挪；摔倒了，爬起来，再摔倒，再爬起来，脸上身上都是泥，全身上下都是伤；冻感冒了，身上发烧无力气，吃点药片接着干。时间一天天过去了，管道一天天增长了。不知过了多少个日日夜夜，也不知啃了多少个冷馒头，吃了多少袋方便面，喝了多少瓶矿泉水，终于把管道铺进碧根果树苗地里。他也变得头发散乱、身材消瘦、脸膛黧黑，真像个山里人了。

接踵而来的是树苗的栽植。栽植要有土壤，这是基本条件。可山上主要是碎石头和很少的红土，有的地方全是石头，连一点土都没有。为保证树苗成活，张勇下了狠心，做出一个破釜沉舟的决定，挖洞换土。在乡党委政府和附近村党支部支持下，组织力量，一部分人挖树洞，一部分人到山下取土。山上山下顿时热闹起来。挖树洞是个力气活，锹挖不动，就用镐刨，一镐下去，火星直冒，有的人手磨出了血泡，有的虎口裂了，有的皮磨出血了，在乡村干部和党员的鼓励带动下，仍坚持干，不埋怨，不松劲。从山下抬土是个耐力活，一趟好几里路远，时间长了，肩膀疼了，腿肿胀了，脚起泡了，浑身像散了架一样，可大家没有叫苦的，没有退缩不干的。因为大家都有一个心愿，种好碧根果，给贫困山区的人民点燃脱贫致富的希望。挖洞换土栽树苗期间，张勇日夜吃住在山上，和大家一起，风餐露宿，边干边指导、边调整力量、边处理矛盾，每天山上山下、山南山北，指导挖坑换土栽苗浇水。一天下来，他光走路就有几十里，还要做示范，检查质量，测量好行距株距，组织好人力搭配，安排好伙食，事事亲力亲为，件件落实到位。晚上回到工棚，腿肿胀得坐不下来，浑身筋疲力尽，唇裂舌破，就这样，还要商量布置好第二天的任务，研究当天出现的情况和问题，找出解决的办法，常常到深夜才能休息。一连几十天，他顾不上回家，顾不上睡觉，顾不上苦累，硬是用愚公移山的精神，在贫瘠的荒山上，种下了几万颗碧根果树苗。张勇也整整瘦了十几斤肉。

可出乎张勇意料的是，他千辛万苦栽下的碧根果树苗，第二年就死掉了很多，成活率只有40%多。这一打击，使向来坚强的他，有些撑不住了。他躺在床上，不吃，不喝，不睡。脑海中浮现的都是干枯的碧根果树苗。为什么，为什么，他反复思考着，追问着，从栽植的每一个环节，每一个步骤，自认为都没有问题。那问题出在哪儿呢？突然，他想到了树苗本身的问题。不是吗？碧根果树是引进品种，以前江苏有的地方栽种失败，一个重要原因，就是树苗"水土不服"。于是，他一跃而起，筹划着解决树苗"水土不服"的办法。

三

他有着山一样冷静的头脑，勇于求索，一往无前。

"路漫漫其修远兮，吾将上下而求索。"张勇意识到，要种好碧根果，光靠勇气、热情和苦干是不够的，还要有科学的智慧和翅膀。于是，他到大专院校、科研院所，请教学习碧根果树苗的基本知识，品种特点、习性、适应环境，又把山里土壤，让科研单位帮助化验成分。回来后，他决定组建研究团队，建起碧根果苗培育中心，进行试验、研究、实践、探索，不断总结、改进、完善。经过几年的潜心努力，终于从几十个品种中，筛选出7个适合本地生长的碧根果树种，攻克了碧根果树苗成活率低的难题。

更棘手的事是管理。张勇知道，树苗成活后，到有收获，有效益，需要漫长的过程，一般要近十年的时间才能挂果，才有收获，才有经济效益。这期间，不仅要人力、物力、技术，更要有资金投入。其中，最大的困难是资金周转，自己贷款不够，又将姐姐的房屋抵押还是不够。他心里非常着急，夜夜睡不着，想着欠下的钱，心理压力很大。开始几年，亏损越来越大，不敢和别人说，怕朋友嘲笑，怕家人失望。若有熟人问起他，只淡淡地说"还行吧"，就赶快走掉，怕多问后无言以对。那时真是风雨一肩挑，苦难自己尝。几个跟随他一起种植的村民看到这样，也非常着急。一天，几个村民捧着几万块钱放到张勇面前，说这是他们从村里借的，就这么多，虽帮不了大忙，出不了大力，但他们尽心了，希望能解眼前之急。朴实的话语，滚烫的心意，期望的眼神，深深打动了张勇。他感到自己并不孤单。不久，乡里为了帮助他搞好管理，专门研究，派出有经验的领导干部和工作人员，驻山给他出谋划策，帮助他协调解决和周围村庄的矛盾及人际关系，便于他用更多精力加强管理。张勇感到心里暖暖的，暗暗下决心，一定要坚持住，种好这棵树。

在不断实践、探索过程中，为了减少亏损，总结摸索，他创出了一套立体种植方式，套种天花粉、杭白菊等中药材以及低矮农作物。这就使闲置的空间充分利用起来，增加了收入，补充了所需资金的不足，同时又促进了碧根果树苗的管理和生长，也为公司以后扩大规模，流转附近村庄农民土地种植碧根果树，积累了经验。

为了破解碧根果树挂果期太长的问题，张勇还在省农科院等专家的指导下，反复试验，多方位探索，精心验证。一次次失败，一次次改进，一种方法不行，再探索使用另一种方法，一个品种不理想，再多用几个品种测试，经过长时间的攻关、创新、验证，他们锁定了从嫁接技术的改良为突破口，把碧根果树挂果期，提前近5年！这是一次历史性的突破，也是一次开拓性创新。在解决了树苗成活率低的基础上，又解决了挂果期太长的问题。两次飞跃，使碧根果树发生了质的变化。这为西南岗地区大范围种植，提供了合适的优质种苗。

经过十多年默默无闻的坚持、坚守，不动摇、不放弃地执着追求，甘于寂寞、甘于吃苦的人生历练，张勇不断吸收消化、不停试验实践的创业创新，张勇终于迎来了"轻舟已过万重山"的广阔前景。2015年，大红山上的碧根果树结出了盼望已久的开心果。多年的辛劳、汗水、坚持和付出，有了回报。2016年，单株产量达到65斤，500亩丰产林，亩均产出碧根果300多斤，年产量占全国总产量的20%。2017年，江苏省林科院李晓储研究员专程到大红山碧根果园地实地测产，单株产量已达76.8斤。张勇创办的科晖农业生态示范园，先后被确定为江苏省农林科技示范基地、江苏省农科院薄壳山核桃示范基地、江苏省药食植物生物技术国家重点实验室（培育点）、江苏省中科院植物所美国薄壳山核桃及中药材种植示范园。2017年9月22—24日，首届"中国碧根果大会"暨2017泗洪碧根果产业发展研讨会在泗洪举行，碧根果产业受到国内众多专家学者和产业界前所未有的关注。泗洪县委县政府也把碧根果作为"特色发展、生态经济、富民增收"的重要产业在全县推广。同年，政府投入扶贫资金1500万元，新建沥青道路3.8公里，功能室800平方米，育苗中心7000平方米，为碧根果基地后期发展提供了强有力支持。

2017年10月，美国碧根果种植行业协会会长来大红山碧根果基地考察，2018年3月，美国奥尔本大学教授、沃顿山庄园主先后来考察交流，他们对基地碧根果的大小和外形感到震撼，对碧根果基地规模感到惊讶，对培育出的多种新品种碧根果苗非常赞赏。

四

他有着山一样的胸怀，忧乐天下，不忘初心。

实践出真知。张勇在种植过程中认识到，碧根果树既能产出经济效益，又能带来社会效益，还能形成生态效益。它不仅是致富树，也是健康树、绿化树。这确实是个好项目，为大红山周边的丘陵高岗地区改变贫困面貌，提高群众健康水平，建设绿色家园做出了贡献。作为一名中国共产党党员，在创业过程中，不论在山穷水尽的阶段，还是柳暗花明的今天，强烈的社会责任感，始终是他坚定的信念。为了扩大种植规模，他所创立的公司从大红山附近的村庄，流转土地2500余亩种植碧根果树。他要求自己要勇于承担三个社会责任：流转土地不能抛荒土地，让党委政府放心；流转土地不让农民离开土地，让农民放心就业；流转土地要让农民见到实惠，放心挣钱。目前，在进行碧根果立体复合型种植时，公司对林下经济作物反租倒包，合理分配，解决了群众短期生活问题。同时，采取公司+合作社+农户的模式经营，就是村级组织发动成立专业合作社，公司提供技术资金支持，农户种植入股分红，贫困户实现就近就业。在张勇的带动下，峰山乡已发展碧根果种植2万多亩。大红山成了致富山，碧根果成了摇钱树。为了引导和帮助农民走种植碧根果致富的路，张勇组织公司技术人员，经常走进田间地头讲课，邀请专家集中为农户授课。园艺修剪和肥水管理，他们做给农民看，农民再做给他们看，反复做，反复看，直至能熟练地掌握管理技术。每年来园区参观考察、学习取经的人一批接着一批，他总是毫无保留地和盘托出自己成功的经验和失败的教训，不让他们走弯路，尽可能地让他们多受益，帮助他们解决有关碧根果种植上遇到的难题。

"穷则独善其身，达则兼济天下。" 2017年，张勇带领公司人员，定点帮助峰山乡、天岗湖乡两个贫困村。他拿出近1500亩土地，指导村民进行立体复合型种植，让村民通过种植碧根果来改变自己的生活。对种植结果的农户，他承诺以市场保护价格进行回收，解决农户销售上的后顾之忧。与此同时，他们不断地向周边省市输出优质苗木和管理技术，带动了江苏、安徽两省发展碧根果种植园近8万余亩。

张勇，一个新时代的创业者，深谙农业这个露天工厂里创业的艰辛与不易，也深知要保持创业的生机和活力，要推进事业长远发展，就要不断注入创新动力。在大面积推广碧根果种植的同时，他开始着手谋划碧根果衍生产品的研发和生产，同时利用330省道过境的优势，将碧根果核心区打造成洪泽湖湿地公园、峰山乡窑河水寨之间的重要旅游节点，促进二、三产业融合发展，让碧根果真正成为致富一方、满足群众对美好生活需求的产业之树。笔者有机会到大红山上，参观了碧根果丰产园，一眼望去，连片的碧根果树，郁郁葱葱，2丈多高的树上，挂着一团一团碧绿椭圆形的果实，煞是喜人。摘下一个，剥掉碧绿的外皮，露出褐栗色的硬壳。用手捏碎要使很大的劲。原来像纸张一样厚的薄壳，却能承受那么大的压力。果肉吃起来脆、松、酥、细，带着一股清香，没有油腻的感觉，真是爽口极了。医学专家说，碧根果营养价值丰富，有很好保健作用。林业研究者说，碧根果树是能生长几百年的长寿树种，有绿化城乡的功能。经济界人士说，碧根果市场前景看好，有特殊的经济价值。看着旁边的张勇，我突然感觉到，碧根果就像张勇，张勇就是碧根果树。大红山碧根果树，以其顽强的生命力，从大山乱石中倔强地生长出来，长出了奇迹，长出了故事，长出了青山绿水，也长出了金山银山。

               2018.3.2

后　记

把自己闲时偶尔涂鸦的诗词散文收集整理出版，这是我从没想过的事。几年前，时任市文联主席的王清平同志曾劝我："把自己写的东西整理汇集起来，出一本书。"我笑答"还没有这方面打算"，实际心里认为，自己零散写的东西，兴趣而已，还达不到能出版的水平。

后来，清平同志到市政协文化文史和学习委任主任、兼市作家协会主席。有时朋友聚餐或上班路上碰见，他又提起结集出书一事。我回家翻一翻、找一找，觉得也没有多少数量，就再次打消了出书的念头。

去年，清平同志退休，组织上安排到市关工委工作，和我在一个办公室。经常谈天说地，甚是融洽。他再次提出要我考虑出一本书。我只好答应试试看吧。心想，事不过三，不能再当面拒绝了。

可实际行动上，我并没有做起来。想拖一拖，时间长了，也就淡化这件事了。

谁知，清平同志当作一件事，不断添柴加薪鼓励，并与相关单位联系出版事宜。那情谊、那真诚、那执着，让我感动。自知自己的文学功力不足，又没有滴水穿石长期坚持写作的毅力，自娱自乐的东西难以拿出来示人，总觉得底气不足。

但事已至此，只好硬着头皮做起来。我一边收集，一边修改，一边写作。书稿以内容为主线，时间为副线，编排出总体框架。全书共分五辑，每辑根据内容细分为若干节，每节按时间顺序编排。第一辑故乡情，分为五节，即"飘去的村庄""农活的味道""水边的珍珠""乡人的风流""又一故乡风景线"。第二辑师生情，因内容不多，没有分节。第三辑山水情，分为"山之韵""水之灵""景之奇""岛之秀"四节。第四辑家国情，第一节"家庭剪影"、第二节"砥柱脊梁"、第三节"威扬四海"。第五辑为散文，仍按内容和时间顺序，编入8篇文稿。

初稿出来后，请清平同志提意见。他毫不推辞，欣然接受。工作间隙，抽空就看，认真、仔细、专注。每一首诗词、每一篇文稿，都尽心审阅，不马虎，不走马观花，不浮光掠影。他边看边及时提出意见，归纳起来，大致有如下几个方面：

一是整体结构上的意见。他从专业的视角，提出诗词部分配一些照片，虚化在页面里，既能增加美感，又利于加深对诗词的理解。而且对整体布局安排也提出了自己的见解。他还建议每首诗词，都要标出写作时间，让读者易于了解和掌握当时写作的背景，捕捉时代发展变化的痕迹。散文部分，《风雨台湾》，他建议列出几个小标题写，写出台湾的特色，写出台湾的意蕴。这从整体结构上为修改指出了方向。《乡关何处》，文中三个部分，都有开始总领性的一句话。第一部分开始句为"我第一次感受到失去的是故乡的绿"，第二部分开始句为"我第二次感受到失去的是故乡的人"，第三部分开始句为"我第三次感受到失去的是故乡的屋和村庄"。清平同志指出，从内在逻辑关系上讲，第一、第二、第三有绝对化的嫌疑。因为每部分内容之间不可能划分得那么清楚，相互之间有交叉、有叠加，应加以修改。这是我没有意识到的，心里非常感激，遵嘱作了修改。

　　二是内容修改方面的意见。主要是散文辑的内容。清平同志以他多年文坛上的广见博识，深厚的文学功底，扎实的社会生活积累，始终不间断的创作磨炼，锻造出开阔的思路、广阔的视野、穿透文稿的洞察力，对我的多篇文稿都提出了高屋建瓴性的修改意见。《眉宇之间》，原来题目叫《追忆朱明石老师》，他看了全文后，认为应该有个正题，把文中的最动人的细节内容突出出来。我认为很有道理，就共同改成现在的题目。同时，对内容也提出了具体修改意见。文章开头朱明石老师为什么住进重症监护室，要写得具体，读了知道过程，不感到突然。文章中间朱明石老师为什么组织学生抬自己到医院治病，要有铺垫，要写出师生之间的情谊，让人看了感到顺理成章。文章最后，在殡仪馆向遗体告别场景，原先写得很简略。清平同志建议要展开写，把自己对老师的深厚感情写出来，看到老师的眉毛再也不能动了时的心情表达出来，既深化了主题，又照应了前文。我感到，这些意见准确、有见地。修改之后，觉得文章充实丰富多了。《梧桐情结》也是一样，到淮阴中学上高中，第一个学期寒假没有回家，文中只是几句话就完了。清平同志敏锐地发现，要把寒假期间陪老师打猎、到医院看病拓展开来写，既丰富了内容，也淡化了晚上一个人在学生宿舍时内心的孤寂，还能让主题思想更加彰显。

三是文字上的修改意见。由于多年文学创作养成的驾轻就熟的文字运用能力，以及长期运用五笔字型打字形成的高超的文字笔画辨别能力，清平同志对文字繁简、错别字特别敏感，常能在不经意间或别人没有意识到的情况下，看出字的繁简、对错。在我的诗词当中，点出了不少错字、别字、繁体字。如"皂河古镇安澜梦"中的"皂"字，我写的是"白"下面加一"匕"字。清平同志指出"白"下面应是"七"字，一查字典，果如清平所说。"春风摇落枯枝下""风摇梯晃动天宫"等句中的"摇"，原来都写成"搖"。"西进扬鞭尘土滚"应为"滚"。"肩挑希望上云涯"中的"涯"应为"崖"。"糙手摇浆浪里行"中的"浆"应是"桨"，"阡陌炊烟岸柳图"中的"炊"，我写成了"吹"，等等，这些都是我没有注意到的。

有的字是自己错打上的，清平同志也认真校正出来。例如，"剪浪穿云搏击中"的"搏"，我写成了"博"；"半千扫叶意彷徨"中的"彷"，我写成了"徬"；"酒坊熙攘鸟闻香"中的"攘"，我错写成了"壤"。

有的应用国家统一的规范简化字，我却夹杂进一些繁体字，"落地婴儿哭喊来"中的"婴""春节悲歌举国殇"中的"殇"，我都写成了繁体字"嬰""殤"。

清平同志用心用情用力帮我审阅稿件，意在促我下决心完成书稿，更是纯洁友情使然。虽然工作上接触不多，但相互关注，喜乐分享，烦忧相慰。不沾染虚情假意，不渗透商品气味，不掺入权势功利，如一杯醇酿，清澈、干净。

我这人一向自信心不足。说得好听一点，还有点自知之明。在清平同志指点下，诗词文稿虽然作了修改，消除了一些瑕疵，抹平了一些斧凿之痕，但并不是说诗词文稿整体水平提升了。我的东西就像一间低矮的泥草屋，我只是用泥草材料来修补完善一些，和高水平的人盖的高大楼房用砖瓦修补完美，那是完全不一样的。

有个成语叫"敝帚自珍"，既然泥草屋搭起来了，那就让它尝尝人间的烟火味，为家乡人增添一点啃酸果的乐趣，也算是一种报答吧。

清平同志主动请缨作序，意在把泥草屋门面打扮好看一点，在此致谢。

泗洪县政协原打算出一套"乡贤话乡愁"丛书的，把我的诗文稿《长在淮河岸边的乡愁》也作为其中一集，后因情况变化，搁置下来。事虽未成，但促使我把零散的诗文稿收集整理出来，让我心存感激，特表谢意。

辛丑年冬月